この世界で、君と二度目の恋をする

望月くらげ

富士見L文庫

本書は、２０１８年4月19日に発行された単行本『この世界で、君と二度目の恋をする』を加筆修正し、文庫化したものです。

目次

プロローグ

「ごめん、旭《あさひ》。やっぱり俺たち、このまま付き合い続けるのは……無理みたいだ」

大好きな彼がそう切り出したのは、少し早い桜が咲く裏庭だった。

「新《あらた》……？　え、なんで？」

「ごめん……」

「ごめんじゃわからないよ！」

「ごめんね……」

それだけ言うと、新は私に背を向けて走っていってしまった。


「待って……!!」

手を伸ばした私の視界には、見慣れた白い天井があった。

「夢……か」

そこにはもうあの桜も、そして彼の背中もなかった。

それもそのはずだ。だって、あれは三年も前のことなんだから……。

（いつまで引きずっているんだか……）

未練がましい自分に辟易《へきえき》しながら、ハンガーに掛けてあった制服を手に取った。


「あ、旭！　おはよー！　今日早いね！」

「おはよー。うーん……イヤな夢、見ちゃってさ」

教室に入ると友人が声をかけてくれた。

「イヤな夢？」

「…………」

「もしかして、また新の夢見ちゃったの？」

「……うん。もう吹っ切れたと思ったんだけどね」

そう言って笑う私に彼女、深雪《みゆき》は優しく微笑《ほほえ》んでくれる。

「大丈夫だって、そのうちきちんと忘れられる日が来るわよ」

そうだね、と頷《うなず》いて深雪の後ろの席に私は腰を下ろした。

あの日から、ずっとそう思ってきた。いつの日か、時間が経《た》てば、そのうち……。でも、何年経っても夢の中でのあの日は鮮明で……あの夢を見るたびに、新と過ごした中学三年のあの一年を、思い出してしまう……。

（三年、か……）

あの時から二度と会うことのなかった、かつての彼の姿を……無意識のうちに思い描いていた。

「う――ん、どうしようかな」

放課後、深雪に遊びに誘われたものの気が乗らず、まっすぐ家に帰ってきた。

着替える気分にも宿題をする気分にもなれず、今は制服姿のままベッドの上に転がっている。

（あんな夢見たせいだ……）

もうずっと見ることのなかった夢。

そして、嫌っていうほど見続けた夢。

あの日の続きを探すように、あの日言えなかった言葉を絞り出そうと何度も何度も夢見ては、いつも同じように終わってしまった。

（いい加減に忘れて、次に進まなきゃなぁ……）

そう思うのは何度目だろう。そして何年目だろう。

忘れたいのに忘れられない。

――それはきっと、自分の中で納得がいって終わった恋じゃなかったから……。

「新、今頃どうしてるんだろう……。って、電話……？」

そう呟《つぶや》いた途端、マナーモードを解除していたスマホが着信音を奏で始めた。通常の着信音とは違う、たった一人にしか鳴るはずのないメロディーを。

「あら、た……？」

ディスプレイに表示されていた『スズキアラタ』という名前。それは、懐かしくてほろ苦くて、ずっと……ずっと待ち焦がれていた人のものだった。

「も、もしもし……？」

思わずベッドから立ち上がり、深呼吸をして通話ボタンを押す。スマホを握る手と同じぐらい震えた声を、なんとか絞り出した。

「…………」

でも、電話の向こうからは何も聞こえてこない。

「あら……た？」

尋ねる私の声に被《かぶ》さるように、電話からはくぐもった声が聞こえた。

「旭さん……よね？」

聞き覚えのあるような、ないような。少なくとも新ではない女性の声だった。

「あの……？」

「母です」

「え……？」

「鈴木《すずき》新の、母です」

——その女性は、硬い声でそう言った。

「なんで」

新のお母さんからの電話を切った後、私はスマホを握りしめたまま呆然《ぼうぜん》と立ち尽くしていた。

「なんで……？　なんで……？　なんで……!?」

数年ぶりに、といっても当時だってそんなにたくさん話をしたわけじゃない。ただ、遊びに行くといつもニコニコと歓迎してくれた、新によく似た笑顔のお母さんだった。

「——昨日、新が息を引き取りました」

そう新のお母さんが告げた時、言われている内容が理解できなかった。

(新が息を引き取った？　どういう意味？　息をってなに？)

頭の中をたくさんのはてなマークが埋め尽くす。

「本日通夜、明日葬儀を行います。是非、旭さんには最後のお別れに来ていただきたいのです」

新が、死んだ。

三年ぶりに来た連絡が、まさかこんな内容だなんて……思いもよらなかった。

「新……」

なんで今更私に連絡が来るのか、不思議に思うべきところはたくさんあった。

だけど、動揺した私は新のお母さんに何も聞くことができず、ただ言われるがままに返事をして電話を切った。

「…………」

何も、考えられなかった。涙の一つも流れない。

新が死んだ。

その言葉の意味を理解することを、頭が拒んでいた。

けれど、そんな私に追い打ちをかけるように次々とスマホに連絡が入る。

「……っ」

どれもかつての、そして今も仲良くしている友人からで……私を気遣う内容だった。

一人で行くのは心細いだろうと誘ってくれた深雪と一緒に、三年ぶりに新の家を訪れた。

懐かしい家、懐かしい空気。中学生の頃、ドキドキしながら遊びに来ていた新の家は、あの頃と何も変わっていなかった。

神妙な空気に包まれていることと……いつも隣にいた、新がいないこと以外は。

「旭さん……よね？」

呆然と立ち尽くす私に、新のお母さんが声をかけてきた。

「あ……お久し、ぶりです」

喪服に身を包んだ新のお母さんは、三年前に会った時よりもずっとずっと老け込んで見えた。

「突然、電話してごめんなさいね」

そのまま歩き始めた新のお母さんをどうしたものかと思い焦っていると、隣にいた深雪が小さな声で言った。

「早く追いかけなさい」

そっと頷くと、私は深雪を残して新のお母さんについていくことにした。

「…………」

「…………」

無言でしばらく歩いた後、新のお母さんは見覚えのある部屋に入っていった。

──新の部屋だ。

あの頃、何度も遊びに来ていた新の部屋。

あの日から、初めて足を踏み入れる新の部屋。

新の勉強机の椅子に座ると、新のお母さんは小さな声で話し始めた。

子供の頃からずっと、心臓を患っていたこと。

中学三年の三学期に病状が悪化し、高校へは行かず病院で闘病生活を送っていたこと。

そして――最後まで私の名前を呼び続けていたこと……。

私は知らない。知らなかった。

新が苦しんでいたことも、病気と闘っていたことも。

何も、知らなかった。

「これをもらってくれないかしら」

手渡されたのは一冊のノートだった。古い装丁の、分厚いノート。

「日記帳、ですか？」

背表紙に金の文字で〝Ｄｉａｒｙ〟と書いてある。

「あの子がずっとつけていたものなんだけど……。きっと旭さんが持っていてくれる方が喜ぶと思うから」

「え……？」

私が持っていた方がって、どういう意味……？

「本当はあなたに会ったら言いたいことがいっぱいあったの……」

「……っ」

「でもね……それを読んだら、何も言えなくなってしまったわ」

寂しそうに笑う新のお母さんに、私はなんて声をかけていいのかわからなかった。

受け取った日記帳を大事に抱え、私は小さく礼をして深雪の元へと戻った。

鼓動がいつもより大きく聞こえる。

走る必要なんかないのかもしれない。

でも……一秒でも早く深雪の元に、一人じゃない空間に戻りたかった。

「──旭？　大丈夫？」

気が付くと目の前には深雪の姿があった。

「だい、じょうぶ」

「ならいいんだけど……。あまり顔色よくないし、早めに帰ろうか？」

「……うん」

深雪とともに新の棺《ひつぎ》の方へと向かう。

棺の中には、あの頃よりも少しだけ大人びた雰囲気の新がいた。

「新……」

抑えきれず涙が溢《あふ》れる。そしてようやく理解する。

──ああ、本当に新は……死んだのだと。

「どうして何も言ってくれなかったの……？」

「っ……」

隣で深雪も泣いていた。

「新……ねえ、新……。目を、開けてよ……」

顔を上げると——遺影の中で、新が微笑《ほほえ》んでいるのが見えた。

第一章

新《あらた》の家を出て、深雪《みゆき》と一緒に帰り道を歩く。

「…………」

「…………」

何も話す気になれなかった。そんな私の気持ちをわかってくれているのか、深雪もまた何も話すことはなかった。

「それじゃあ……」

「うん、また明日……」

「わざわざ、ごめんね」

反対方向なのに私の家までついてきてくれたことにお礼を言うと、何言ってるのと深雪は笑う。

「無理しちゃダメだからね？」

「ん……」

心配そうに私を見つめる深雪に手を振ると、私は玄関のドアを閉めた。

声をかけてくる母と妹を無視して部屋へと戻る。

ベッドの上に荷物を放り出すと、着替えることもなくそのまま寝転がった。

──何もする気に、なれなかった。

新はもういない。

別れた時とは違う喪失感に襲われる。もう二度と……新に会えることはない。もう、二度と……。

「ひっ……くっ……あら、た……」

嗚咽《おえつ》が、涙が止まらない。

大好きだった。

大好きだった。

別れても、忘れようとしても、ずっと、ずっと、大好きだった……。

「あらたっ……なんでっ……なんで……」

溢れる涙を拭いながら顔を上げると、投げ出した荷物の中にある一冊のノートが目に入った。

「あ……」

それは、新のお母さんから渡された新の日記帳だった。

渡された意図はわからない。けれど、これが今私の手元にある唯一の形見だった。

「こんなのつけてたなんて聞いたことなかったな」

一ページ目を開いてみる。

そこには私の知っている新からは想像のつかない、几帳面《きちょうめん》な文字が書き綴《か》られていた。

鈴木《すずき》 新　14歳
好きな食べ物　ラーメン
嫌いな食べ物　ピーマン
好きなこと　友達と遊ぶこと
　日記を書くこと
嫌いなこと　病院に行くこと
明日から3年生。今年もみんなと楽しく過ごしたい。

「新…………」

私が出会う前の新がそこにはいた。

そういえば——私が新の存在を認識したのは、いつだったんだろう。

クラス替えの後の自己紹介の時？　ううん、あの時はまだたくさんいるクラスメイトの中の一人だった。

新を新として認識したのは、いつのことだったんだろう……？

日記帳の二ページ目を開いてみる。そこには新学期一日目の様子が新らしい文章で書かれていた。

4月8日

今日から新しいクラスが始まった。

1、2年で一緒だったやつらもいたし、知らなかった子もいた。

できればみんなと仲良くなってたくさん思い出を作りたい。

そういえば担任は去年から引き続き田畑《たばた》せんせーだった。

俺の身体《からだ》のこともあるのか3年間ずっと一緒だ。

今年もよろしくってことで朝、田畑せんせーが教室に入ってくる時に、黒板消しをドアに挟んでおいた↑古典的？（笑）

見事引っかかったせんせーにめっちゃ怒られたけどまあいいや。

今年も迷惑かけるけどせんせーよろしくね。

「そういや、そんなことあったっけ……」

新学期早々、先生から全員が怒られた記憶はあるけれど、あれは新たちのいたずらだったんだ。

「バカだなぁ……」

そう呟《つぶや》くと私は新の日記帳を胸に抱いて、いつの間にか眠りに落ちていた……。

◆◆◆

「おはよー」

「おはよー！　また同じクラスで嬉《うれ》しい！」

「私も！　今年もよろしくね！」

気付くと私は教室の喧騒《けんそう》の中にいた。

「あれ……？」

確かさっきまで自分の部屋にいたはずだ……。

それに……。

（この制服って……中学の時の……？　教室だって……）

目の前に広がる光景は、見慣れた高校のものではなく、懐かしい中学の時のものだった。

（そっか……私、夢を見てるんだ……）

新の日記を読んで当時のことを思い出したからだろうか？　夢の中の私は中学三年生の、新と初めて同じクラスになったあの教室にいた。

「あっ……」

教室を見渡すと入口のところで、男子たちが何かをしようとしているのが目に入った。

「新、だ……」

夢だから当たり前なんだけれど、あの当時となんら変わることのない新の姿が、そこにはあった。男子たちは椅子に上って、入口のドアに黒板消しを挟もうとしている。

「そうだ……！」

我ながらくだらないことを思い付いたなって思うけれど、思い付いたものは仕方ない。私は教室の後ろのドアからそっと出ると廊下を歩いて前のドアに向かった。

廊下の先には今年の担任となる田畑先生の姿が小さく見える。そして、少しだけ開いたドアの向こうには……いたずらの仕掛けをしている新の姿が見えた。

――目が、合った。

「え……？」

「入っても、いいかなぁ？」

視線を上にずらしてそう言うと……バツが悪そうに頭を掻《か》きながら、そっとドアを開けてくれる。

ボスン、という音を立てて私の前に黒板消しが落ちた。

「――邪魔しちゃって、ごめんね？」

「や、別に……」

笑いが漏れるのを必死で堪えながら私は自分の席に着いた。

――その直後だった。黒板消しのトラップのなくなったドアから、田畑先生が普通に入ってきたのは。

◆◆◆

「んっ……」

目が覚めるとそこはいつもの私の部屋だった。

懐かしい夢を見た。

大好きだった新にも、もう一度会えた。

「この日記帳のおかげ、かな……。ありがとう」

私は日記帳をそっとカバンの中に入れると、一つ伸びをして部屋を後にした。

「おはよー旭《あさひ》！　あの後、大丈夫だった……？」

教室に入るなり駆け寄ってきた深雪が心配そうに聞いてきた。

「うん……。ありがとう。一日経って少しマシ、かな」

ホントはまだまだ立ち直れてなんかいなかったけれど、心配してくれている親友に少しでも安心してほしくて嘘《うそ》をついた。

「無理、しなくていいんだからね？」

「ありがとう……」

そんな私の嘘なんてお見通しの深雪は、心配そうな表情を崩さないまま席に向かう。

「そういえば昨日懐かしい夢を見たんだよ」

少しでも笑ってもらえればと、昨日見た夢の話をしてみる。

「中学三年の始業式の日に、新たちが田畑先生に黒板消しでトラップを仕掛けてたの覚えてる？」

『それを夢の中の私がさー』と続けようとした時、深雪がおかしなことを言い出した。

「覚えているわよ。新たちがせっかく仕掛けたのに女子に邪魔されたー！　って、騒いでいたもの」

「え？」

「昨日、新のことで久しぶりにみんなと話していて、あの時の女子が旭だったって知ってビックリしちゃったわ」

「ま、待って？　えっ、それは夢の話で……。実際は田畑先生がトラップに引っかかったでしょ？」

動揺が隠せない。だってそれは、夢の中での話のはずだ。実際の私はあの時新しいクラスにドキドキしていて、そんなことが行われていたことさえ知らなかった。

「旭、大丈夫？　記憶が混乱してても仕方ないよね……。新のこと、ショックだっただろうし……」

だけど、深雪は夢の内容こそが現実だと言う。

わからない。どういうこと？

「そうだ！」

私はカバンの中から昨日受け取った日記帳を取り出した。なんとなく傍《そば》に置いておきたくてカバンの中に忍ばせていた日記帳だったけれど、こんなふうに役に立つなんて思ってもみなかった。

「ほら、見て深雪！　これ新の日記ちょ……」

昨日見たページを深雪に見せようと二ページ目を開いた私の眼《め》に、信じられないものが飛び込んできた。

「うそ……」

そこに書かれていた内容は昨日のものとは変わっていた。

昨日は確かに田畑先生がトラップに引っかかったと書かれていたのに……。今開いたそこには、トラップが不発に終わったという……夢の中で見たままの内容に変わっていた。

「なん、で……」

「旭、ホントに大丈夫？　相談事があるならなんでも聞くからいつでも言ってね……？」

心配そうに私を見つめる深雪に——私は、何も言うことができなかった……。

ただ、何が起きているのか理解ができないまま新の日記帳を……綴られた文字を見つめる。けれど私は、日記帳に書かれている内容を理解できずにいた。

何も言わなくなった私の顔を、深雪が覗《のぞ》き込む。

「旭……？　そのノートがどうかしたの……？」

不思議そうに、けれどどこか心配するような口調で深雪が問いかけてくる。

「な、なんでもないの！　あれー、私記憶違いしてたのかな？　あはは、気にしないで」

「う、ん……。ホント何かあったら何でも言いなよね？」

納得してないような、そんな表情で深雪は言った。

勘違い——に、決まっている。過去が変わるなんて、そんなことが起きるわけないんだから……。

一瞬よぎった考えを振り払うように、私は取り出した日記帳を再びカバンの中に押し込んだ。

4月10日

今日は各委員を決めた。

最悪だ。くじ引きで学級委員長になってしまった。

女子の副委員長は竹中《たけなか》っていう知らない子だった。

知ってるやつだったら楽だったんだけど、でもちょっとかわいい子だったからラッキーかな。笑

「懐かしいなぁ……」

朝の出来事は私の思い過ごし……。そう思い込むことに決めた私は、夜眠る前に再び新の日記帳を手に取っていた。

今日は三ページ目。四月九日の分が飛んでいるのが新らしい。

日記を書くことが好きだ、なんて書いていたのに……そんなことを思うと、寂しいのに

なんだか可笑《おか》しくなってくる。
「そういえば一学期は二人で委員長をやったんだっけ」
それが私が新を初めて認識した時……。
どうして忘れていたんだろう。
どうして、忘れていられたんだろう。
こんなにも大事な思い出なのに。
「私も日記をつけておけばよかったかな」
そうすれば新との思い出を、何一つなくすことなく覚えていられたのに。——なんて、
今更どうしようもないことを思ってしまう。
でも、あの時はまさか新と付き合って、あんなふうに最後の……最期のお別れを迎える
なんて知らなかったから……。
そんなことを考えていると、いつの間にか……私は眠りについていた。

◆◆◆

「ホームルームを始めるぞー」
聞こえてきた声にハッとなった私が慌てて前を向くと、教卓には……田畑先生が立って

いた。

（また、だ……）

また、この夢。

また中学三年の、まだ新がいた時の——夢。

（まさかと思うけど、今日は……）

「それじゃあ今日は委員決めをするぞー。とりあえず学級委員長と副委員長な」

（やっぱり……）

「決め方は——くじ引きでいいだろ。そうだな、大当たりが学級委員長、当たりが副委員長ってことで」

新が書いた日記と同じ内容の、夢……。

偶然……？　それとも……。

（そんなわけない！）

たまたま日記を読んだ後に眠っちゃったから、その内容が頭に残ってただけ。そうに、決まっている。そうじゃなきゃ、おかしいじゃない。過去を夢で、繰り返すなんて……。

「次、旭の番だよー？」

「え、あ——うん」

気が付くと私の順番が来ていた。

（過去の通りなら……この後、当たりを私が引くはず……）

「あ、あのさ！」

「え？」

私は思い切って後ろの席の友人——陽菜《ひな》に声をかけた。

「あの……私ちょっとトイレ行きたいから、先にくじ引いといてくれない？」

「いいよー！　せんせーにバレないうちに帰っておいでよー」

「ありがと！」

そっと席を立った私は、先生に気付かれないように教室から廊下へと出た。

「はあ……」

何かが変わるか、何も変わらないかはわからないけれど……。このまま同じように過ごしたのでは、何が起きているのかわからない。

知りたい。

今どういう状況で、私の身に——あの日記帳に、何が起こっているのかを……。

「あれ？　えーっと……竹中さん、だっけ？」

「あら……」

廊下でしゃがんで考え込んでいると……思いがけない人から声をかけられた。

「ん？」

「あ、えっと……鈴木、君？」

目の前には……三年前の新の姿があった。

「そー、鈴木君です。何してんの？　こんなところで」

「え、あ……それは……」

「もしかして気分悪くてうずくまってた？　大丈夫？　先生呼ぶ？」

こんな記憶は、私にはない。忘れているだけでは、ないはずだ。

じゃあ、やっぱり……。

(これは夢で……過去を繰り返しているわけではないんだ)

「竹中さん……？」

心配そうな新に、私は慌てて立ち上がる。

「あ、えっと……違うの！　トイレに行って帰ってきたんだけど、なんとなく教室に入りづらくて」

それらしい理由を言ってみると、新は一瞬びっくりした顔をした後――いたずらっぽく笑った。

「わかるわかる。俺もそういう時あるよー、このままチャイム鳴らないかなーとか」

「あるよねー！　よかったー。……そういえば、鈴木君はなんで外に？」

「それ、は……」

私の言葉に、新はなぜか口ごもってしまった。

(変なこと、聞いたかな?)

目の前の新の反応に不安になっていると……新は、ニッと笑って言った。

「俺も! 俺もトイレ! 急に行きたくなっちゃってさー」

「そっ……か! 一緒だね!」

笑う新にホッとする。

一瞬曇った表情が気になったけど――けれど今の私には、聞くことができなかった。

「中、入る?」

「あ、うん! 入ろっか!」

後ろのドアをそっと開けて静かに教室に入ったつもり――だった。二人並んで教室に入る私たちを……着席したクラスメイトとニヤニヤした田畑先生が見つめていた。

「え、ええ!?」

「おかえり、お二人さん。あと二枚くじ残ってるぞー」

どうやら廊下で話をしているうちに、学級委員を決めるくじは私たち以外引き終わってしまったらしい。

(まさか……)

「さあて、どっちが委員長でどっちが副委員長かなー」

嬉《うれ》しそうに言う田畑先生。そしてクスクス笑うクラスメイト。

「あーもう！　しゃあない！　引こうぜ、竹中さん！」

新は腹をくくったように教卓へと歩いていく。

「あ、うん」

私もその後をついて歩き、新と二人せーのでくじを引いた。

結果は……。

「学級委員長は鈴木に、副委員長は竹中にお願いすることになった！　それじゃあ二人とも一学期の間よろしく頼むな！」

抗《あらが》ったのに、何も変わることなく——過去の、そして日記の通りに、私たちの物語は綴《つづ》られていった。

(でも、そうだよね)

過去は過去だ。変わるはずがない。

変わっていい、はずがない。

だからきっと……。

(昨日のことは私の勘違いだったんだ)

日記の内容が印象的だったから、たまたま日記の内容を夢で見ただけ。記憶と違ったのだって、三年も前の話だから私が忘れていただけだ。

夢の中で起きた出来事はただの夢の中のこと。だから——今の私には、関係ない。過去を夢の中で繰り返すなんて、そんなことあるわけがない。

答えが出た気がした。

私の胸の中で引っかかっていたものが、スッとなくなるのを感じた。


けれど私はまだ気付いていなかった。

過去が変わっていっていることに。

——物語が、動き出していたことに。

◆◆◆

4月10日
今日は各委員を決めた。
保健室から帰ってくるとくじ引きが終わっていた。
俺がいない間にくじ引きをするなんて田畑せんせーひどい……。
しかも残ってた2枚が、委員長と副委員長なんて横暴だ！　せんせーの悪意を感じる！

こういうくじ運だけは人一倍いい俺は……まさかの学級委員長になってしまった……。

ちなみに女子の副委員長は竹中っていう子だ。

廊下で少し話をしたけど優しそうな子だった。

……ちょっと可愛《かわい》かったしラッキー。

これなら1学期の間頑張れそうかな。

なるべく迷惑をかけないように俺も頑張ろう。


机の上に置いた日記帳を見つめる。最後に日記を読んだあの日から、一週間が経《た》とうとしていた。

あの日、目が覚めて日記の中身が変わっていることに気付いた私は、それからこの日記帳を開けないでいた。

「どういうことなんだろう」

日記の中身が、夢で見た内容に変わっている。そして、それに合わせて現実の記憶も変わっていた。

――私の記憶以外。

「どうしたらいいんだろう」

自分自身に問いかけるけれど……本当は、とっくに気持ちなんて決まっていた。

日記帳が怖い、気持ち悪い——そんなことよりも、もう一度新に会える。それしか考えられなかった。

これがあれば、もしかしたらあの頃より上手に新と過ごせるんじゃないだろうか。

これがあれば、もしかしたら——別れない未来があるんじゃないか。

「新……」

何度同じことを考えたかわからない。結論はいつだって同じところにたどり着く。なのに……今日もまた日記帳を開くことができないまま、私は眠りについた。

「……朝だ」

日記帳を開かなくなった日から、当然のことながらあの不思議な夢は見ない。

「やっぱり日記帳……だよね」

久しぶりに新に会えたことが、余計に新への想《おも》いを募らせる。

「どうしたら、いいんだろう……」

今日も答えが出ないまま、私は準備をして家を出ると、いつものように学校へ向かった。

「おはよ、旭。ってどうしたの、その顔」

教室に着くと、深雪がいつものように声をかけてくれる。

「おはよう。……どうしたのって？」

「なんか……辛《つら》そうな顔、してるわ」

「そうかな……」

「そうよ！」

普段通りにしているつもりなのに、いつだってこの親友には敵《かな》わない。

「……今日って暇？　よければ帰りにお茶していかない？」

「──うん」

ありがとう、と言った私に、

「お礼なんかいいから、さっさと元気になりなさい」

そう言って小さく笑うと、深雪は自分の席に座った。

放課後、深雪と二人で学校近くのカフェへと向かった。正面の席に座ると、深雪はまっすぐ私を見つめた。

「で、何があったの？」

「……うん」

「──言いにくいこと？」

「………」

言いにくい、というよりは……どうやったら信じてくれるんだろう、という気持ちでいっぱいだった。

もし私が深雪の立場で同じ話を聞かされたとしたら……好きだった人が死んだショックで気が変になったと思うかもしれない。

「……私、本当は気付いてたの」

「え……？」

唐突に、深雪は言った。

「旭が、新のお葬式に行った後からなんか変なの、気付いてたの」

「深雪……」

「だからさ、なんだって受け止めるから。この深雪さんに話してみませんか？」

——重い雰囲気を和らげてくれる、深雪のこういうところに、私は何度救われてきただろう。

「笑わない……？」

「笑わない」

「絶対……？」

「絶対」

きっぱりと言う深雪を見て……私は先日から起きている不思議な現象を話し始めた。

「——つまり、その……過去をもう一度夢の中で体験してるって、こと？」

「体験してるというよりは……上書きしてる、みたいな感じ……」

当時の私が取った行動とは違うことをすると、それが現実世界の思い出にまで影響している。

「うう――ん……」

「やっぱり、信じられないよね……」

「違う。旭がこんなことで嘘《うそ》つかないって私知ってるから。……信じていないっていうんじゃなくって」

少し悩んだ後、遠慮がちに深雪は言った。

「私の覚えている記憶は、旭が言うところの上書きされた状態の記憶だから、今話してくれた変わる前っていうのが正直わからない」

「そう、だよね……」

「だけど、もし本当に過去が変えられているのだとしたら……どうしてあの日、旭だけ直接呼ばれたのかがわかる気がする」

「私だけ……？」

「そう。あの日旭は新のお母さんから、直接新が亡くなったって連絡をもらったのよね？」

「うん、深雪もそうじゃないの？」

「私は……堂浦奏多《どううらかなた》って覚えてるかしら？　中学三年の時に一緒のクラスだった。あいつから連絡が入ったの」

「……堂浦君」

確か新とよく一緒にいた男の子だ。

「幼馴染《おさななじみ》、だったっけ？」

「新のね。その奏多経由で、新と仲がよかった人に連絡入れてほしいって回ってきたの」

「そうなんだ……」

「だから旭に連絡を入れた時、新のお母さんから直接電話が来たって聞いて……どうしてだろうって不思議に思ったのよ」

「どういう……？」

深雪の言葉に、思わず私は聞き返してしまう。深雪は躊躇《ためら》いがちに口を開いた。

「奏多以外に、新のお母さんから直接連絡をもらった人はいないのよ。——旭を除いて」

「私、だけ……」

「三年も前の……それも中学生の時にほんの少し付き合っただけの彼女に、わざわざ直接連絡するなんてって……不思議だったの」

そう言うと深雪は、視線を私のカバンに向けた。

「持ってきてるのよね？」

「——うん」

何を、なんて聞く必要はなかった。

「ちなみにそれって、最後まで読んだの？」

「まだ……」

深雪は何かを考えているようだった。

「どうしたの……？」

「例えば、複数の日付を読んだら？」

「え……？」

「例えば、連続していない日付を読んだら？　コピーを取ってそれから夢を見たら？」

「深雪……？」

怖いぐらいに真剣な顔で、深雪は言った。

「例えば……過去を変えて、旭と新が別れないままの世界に変えることができたら？」

「深雪!!」

思わず大きな声を出して深雪の言葉を遮ってしまう。周りのお客さんが、何事かと私たちの方を見ている。

「ごめん……」

「……私の方こそ、ごめん」

深雪から目を逸《そ》らし口を噤《つぐ》む。自分の浅ましさを見透かされたような気がして恥ずかしかった。このノートがあればもしかしたら――。そう考えない時はなかった。けれど……その一線を、越えてしまっていいのかどうか。その答えは、私の中でまだ出せないでいた。

どことなく気まずい空気が、私たちの間に流れる。そんな空気を振り払うように、深雪は目の前に置いてあったアイスティーに口をつけると私に言った。

「きっと何か意味があって、旭は過去をやり直してるんだと思うの」

「意味が……？」

「それが旭にとってなのか、新にとってなのかはわからないけれど――でも、旭が読むのをやめたら、後悔したままの今となにも変わらないんじゃないかしら」

「…………」

口ごもる私に――深雪は、少し言いづらそうに言った。

「新の番号、消せてなかったんでしょ……？」

「っ……なん、で……」

知っているの、と言おうとした私に辛そうな顔をして深雪は笑う。

「親友だもの、気付いてないわけないじゃない」

「深雪……」

隠しているつもりだった。吹っ切れたふりができていると思っていた。なのに……目の前の優しい親友は、全てわかった上で騙《だま》されたふりをしてくれていたなんて……。

「――もしかしたら何も変わらないかもしれない。結局、どう足掻《あ が》いたって今は今のままかもしれない。でも……もし、少しでもあの日を変えられるのなら……その可能性があるのなら、賭けてみてもいいんじゃないかな」

そんな都合のいいことがあってもいいんだろうか。自分たちの過去を、今の自分が変えてしまうなんて……。

迷っている私を見透かしたように深雪は言う。

「きっと、変えられることなんてほんの一握りの些細《ささい》なことよ。大きく何かが変わることなんてないと思うわ」

「そうなの、かな……？」

「でも、それで――この三年間の旭の苦しい気持ちが少しでも軽くなれば……新も嬉《うれ》しいんじゃないかしら」

「深雪……」

そうなのかな。

それで、いいのかな……。

本当は知りたかった。

あの日、新がどうして急にあんなことを言ったのか。

あの後、どうしていなくなってしまったのか。

どうして——最期まで、傍《そば》にいさせてくれなかったのか……。

「そう、だね……。私——」

「——でもね、旭。過去を変えて今を変えていくってことは……新の辛《つら》いシーンを、今度はあんた自身の目で見届けなければいけないかもしれない」

「うん……」

「それでも……」

「それでも！　私は、新に会いたい」

「旭……」

「あの日どうして別れなきゃいけなかったのか。——本当の理由を、知りたい」

「うん……そうね。そうよね……」

「ありがとう、深雪。おかげで気持ちが固まったよ」

後悔をしないためにも、私は……。

「新との日々を、やり直してみる」

その結果が、どんなに辛いことになったとしても。

「――泣きたい時には私がいるから。いつでも言いなさいよね」

「ありがとう……」

優しい親友の言葉に、私は溢《あふ》れかけた涙をそっと拭うと小さく頷《うなず》いた。

まだどうなるかなんてわからない。

でも、過去を振り返って辛くなるんじゃなくて、あの時こんなことがあったなって笑って過ごせるようになるために。

私は、過去を変える。

それがたとえ――許されないことだとしても。

自宅に戻った私は、深雪に言われたことを思い出しながら新の日記帳を手に取った。

『――とにかく今はいろいろと確認しながら、日記帳についても調べていきましょう』

『確認？』

『そう、例えば……』

「複数の日付を読むとどうなるのか……か」

確かに、今までは一日分を読んで寝てしまっていた。けれど何日分かまとめて読んだとしたら……その日の夢はどうなるんだろう。

「――よしっ、読むぞ！」

久しぶりに開けた日記帳は……どこかひやりと冷たかった。

4月11日

最悪だ。さっそく学校を休んでしまった。

今日は各クラスの学級委員で構成された委員会の集まりがあったのに……。

竹中さんは一人で行ってくれたのだろうか。

明日謝らなくちゃ……。

……でも明日、学校に行けるのかな……。

4月12日

やっぱり今日も学校には行けなかった。

クラスのやつらにも竹中さんにも迷惑をかけている。

……申し訳ない。


夕方、奏多が見舞いに来てくれた。

いつもありがとう。

4月15日

週が明けたのに俺は今日も休んでいる。

俺が学級委員長で本当によかったんだろうか。

田畑せんせーから電話がかかってきて、俺の分の仕事も竹中さんがやってくれていると聞いた。

迷惑ばかりかけている。

せんせーは気にするなって言っていたけど、やっぱり俺じゃあダメなんだよ。

明日も休むようなことになればせんせーに言って他の人に学級委員長を変わってもらおう。

4月16日

久しぶりに学校に行けた。

クラスのみんなにはいつものように風邪ってことになってたみたいだ。

竹中さんに謝ると気にしないでと笑っていた。

本当にごめんなさい。


明日から春のオリエンテーションの準備が始まる。

泊まりがけのキャンプなんて……俺は参加できるんだろうか。


「そういえば……こんなことあったなぁ……」

新学期早々、新が何日も休んでしまって目が回るほど忙しかったのを思い出した。

でも、これがきっかけで声をかけてきてくれた深雪や他の友人たちと仲良くなれた。だから私にとってはマイナスな思い出ではなかったのだけれども……。

「新はこんなふうに思ってたんだなぁ…」

不思議な感じだ。あの頃の新の気持ちを、こんな形で知ることになるなんて。

――そしてこれからもう一度、あの頃の新に会うなんて……。

「新……」

大好きだった彼の名前を呟《つぶや》くと……私は、パタンという音を立てて日記帳を閉じた。

◆◆◆

目を開けるとそこは、数年ぶりで数日ぶりの三年二組の教室だった。黒板にはチョークで四月十一日と、書かれている。

（日記帳の日付と一緒……）

ということは、新は学校には来ていないはず……。教室を見回すが、やはりそこに新の姿はなかった。

「あれ？　新は？」

「今日休みらしいよ」

「えー、貸してって言われてたCD持ってきたのにー」

少し離れたところから聞き覚えのある声が聞こえる。

(深雪、だ……)

まだこの時は、ほとんど話したこともなかった。

三年目の中学生活で初めて同じクラスになって……高三の今も一緒にいる、大切な親友。

ただ、今の時点ではまだ単なるクラスメイトでしかない。

(なんか変な感じだなぁ)

「旭? どうしたの?」

「あ、ううん。なんでもないよ」

ボーッとしていた私に後ろの席にいた陽菜が不思議そうに聞いてきた。

(陽菜も懐かしい……この前久しぶりに会ったなあ……)

辻谷《つじたに》陽菜は中学三年間ずっと同じクラスだった。

高校が別れてからはなかなか会うことができなかったけど……久しぶりの再会がまさか新のお葬式になるなんて、思ってもみなかった……。

「よーし、席に着けー」

そんなことを考えていると、田畑先生が出席簿を持って教室に入ってきた。

「今日の欠席は……鈴木だけだな」

連絡事項を話し、先生はホームルームの終了を告げた。

「竹中」

「っ……は、はい！」

ボーッとしていた私の席の前に、いつの間にか田畑先生が立っていた。

「今日は昨日言ってた通り委員会の招集があってなー」

「そう、ですね」

「鈴木が休みだから、悪いが竹中一人で行ってもらえるか？」

「わかりました」

「よろしく頼むな」

それだけ言うと田畑先生は教室を出て行った。

「はぁー……」

わかってはいたけれど、憂鬱だ。

「旭ー大丈夫？」

「うう……しょうがないし、頑張るよー」

「ファイト……」

陽菜の慰めを背中に聞きながら、机の中から教科書を取り出すと一時間目の準備を始めた。

「――あれ？」

放課後の委員会を終え、教室に戻って帰宅準備をする。誰もいない教室はガランとしていた。

「これで本当にいいのかな……」

今の私がしているのは、完全に過去の繰り返しだ。なにも変わらない、三年前に起きた出来事のまま。

(このまま家に帰って今日が終われば、新の日記帳の中身は変わらないんじゃあ……)

全てのページを変える必要はないのかもしれない。けれど、あの日を迎えないためには同じことを繰り返しているのではいけない気がする。

(でも、どうすれば……)

そう思いながら手元を見ると、一冊のノートがあった。さっきまで行っていた委員会で話し合った内容をまとめたノートだ。

(そうだ!)

日記帳には風邪ってことになってたと書いてあったから、きっと休んだ理由は風邪ではないのだろう。なら、寝込んではいないのかもしれない。

――もし本当に寝込んでいた時のために、一枚の手紙を書いてノートに挟んでおくことにした。

そして私は、職員室にいるであろう田畑先生の元に向かって走った。

「――またここに、来られたね……」

あの後、職員室にいる田畑先生に話をすると、あっさりと新の住所を教えてもらえた。回りくどいことをせずにそのまま行ってもよかったのだけれども、今の私が新の家を知っているのは不自然だ。不審に思われることは、できるだけ避けたい。

ただ、ついでにこれも渡しておいてくれって田畑先生の授業の宿題プリントまで渡されてしまったのは、新に悪いことをしたかもしれない。

そんなことを思いながらチャイムを鳴らすと、プッ……という音に続いてくぐもった声が聞こえた。

「あ、あの……竹中です！」

「はい……？」

「え……？」

「同じクラスの！　竹中です！」

「ちょ、え、あ……ちょっと待ってて！」

慌てた声と重なるように、ガタンッと何かが倒れたような音が聞こえたけれど、大丈夫だろうか……。

少しの間待っていると、ガチャッという音とともに目の前のドアが開いた。

「……こんにちは」

「……どうも」

「…………」

…………会話が続かない。

それもそうだ。新にとって私はまだ、初めて同じクラスになった女の子でしかないのだから。

——なのに家まで押しかけてくるとか、下手すれば不審人物扱いされてもおかしくない。

「あの……どうしたの？」

「あ、えっと……風邪はもう大丈夫？」

「……うん、だいぶマシ」

風邪、という言葉に一瞬驚いた表情をしたけれど、すぐにそれを隠すように新は返事をする。

「……あの、ね！　田畑先生に家教えてもらったんだ！」

「田畑せんせーに？」

「今日委員会あったでしょ？　もしかしたら鈴木君休んじゃったこと気にしてるんじゃないかなーって思って」

「……」

「だから、もしよければなんだけど――はい！」

そう言って差し出したノートを新は……少し悲しそうな顔をしながら受け取った。

「迷惑かけてごめんね……」

「そんな……誰にだって体調悪い時はあるよ！　だからそんなこと気にしないで！」

「うん……」

受け取ったノートをパラパラとめくると……ありがとう、と呟いて新は目をそらした。

「……」

「……」

「あ、明日は、学校来られそう？」

沈黙に耐えきれず、思わず言ってしまった言葉に後悔する。明日も来週も新が学校に来られないことを、私は知っていたのに……。

「どう、かな……行けたらいいんだけど……」

「む、無理はしないでね！」

「うん、ありがとね……」

「ううん……」

漂う重い空気。

さっきの失言をどうにかしようと必死に考えるけど——何も浮かばない。頭をひねって必死に考えて思いついたのは……田畑先生に渡された一枚のプリントの存在だった。

「そ、そうだ！　私田畑先生からこれ預かってたんだ」

「……数学の、プリント？」

「宿題、だって……」

「……そっか。ありがとう」

「うん……」

再び私たちを、沈黙が襲う。

「——それじゃあ、私帰るね……。あの……お大事に、してね」

「あ、うん……。わざわざありがとう」

結局、私は……新の前から逃げることしかできなかった。ノートを手にした新に背を向けると、私は新の家をあとにした。

(あああ……なんであんなこと言っちゃったんだろう……)

後悔が私を襲う。

新だって学校に行きたいに決まっているのに。しかも、そのことを日記帳を見て知っていたのに……。

「私って……本当にバカだ……」

目頭が熱くなって、こぼれそうな涙を拭おうとした時……私の名前を呼ぶ声が聞こえた。

「──竹中さん!!」

「っ……え、鈴木君!?」

新の声に思わず振り返ると、慌てたように玄関から出てきた新の姿が見えた。

「これ！　ありがとう！　嬉《うれ》しかった！」

(新……)

「明日は無理かもしれないけど、来週は絶対学校行くから！　そしたらまたよろしくね！」

「……うん！　待ってるね！」

答える私に新は大きく手を振ると、照れくさそうに頭を掻《か》いて家の中に戻っていった。

ホッとした私は、新の姿を何度も何度も思い返しながら、自宅への帰り道を軽やかな足取りで歩いた。

そして私は……醒《さ》めることのないまま、夢の中で翌日を迎えた。

目を覚ますと私はベッドの上にいた。夢も現実も同じ景色の、ベッドの上に。

「ここは……どっち？」

壁に吊《つ》るされている制服を見て、ここがまだ夢の中だということに気付いた。

「――そっか。続けて読むとこうなるんだ……」

私が読んだ日記は四月十一日から四月十六日までのものだった。と、いうことは……四月十六日を迎えるまでは、この夢から目覚めないのだろうか。

「とにかく、学校に行かなくっちゃ。今日も新は休みだったよね……」

見慣れた制服を手に取ると、慣れた手つきで袖を通す。鏡を見ながら軽く整えるとそこには――三年前の、私の姿があった。

「おはよう、私」

小さく呟《つぶや》いてみるけれど、鏡の中に映るまだ少しあどけなさの残る私が返事をすることはなかった。

――当たり前だ。だって今は、私が三年前の私なのだから。

「おはよー」

「旭！　おはよう！」

教室に入り席に着くと、後ろの席から陽菜が声をかけてくれる。

「昨日大丈夫だった？」

「あー、うん。とりあえずはなんとかなったよ」

――新にも会えたし。そう続けそうになった言葉を、私はグッと呑み込んだ。陽菜の知っている今の私は、新——鈴木君との関わりはまだゼロに等しいから……。

「そっか、今日もあるの？」

「今日は……」

何も知らない陽菜は、一人で委員会のあれこれをしなければいけない私を心配してくれる。思わず言葉に詰まった私の目の前で——なぜか陽菜が金魚のように口をパクパクさせているのが見えた。

「……陽菜？」

「あっ旭……！　う、後ろ！」

「ん ー？」

陽菜の方に身体《からだ》を向けていた私の——さらに後ろを指さしながら、陽菜が焦ったような声を出した。

（どうしたんだろう？）

そう思って振り返るとそこには、一人の男子生徒が立っていた。

「……えっと」

「竹中さん、だよね？」

「……うん」

「これ、新が返しといてって。ありがとうって言ってたよ」

そう言って差し出されたのは、昨日新に渡したノートだった。

「あいつ新学期早々休んじゃったって落ち込んでたから、めっちゃ嬉しかったみたい。俺からもありがとう」

「……そっか！　堂浦君かー！」

「え？」

「あ、ごめん」

いまいち誰だったかピンと来てなかったが、そうだ。この人が堂浦君だ。新の幼馴染《おさななじみ》で確か……。

「──堂浦君は今日の帰り、新の家に寄るんだっけ？」

「何か言った……？」

「あっ……ごめん、なんでもない！」

いけない。それは今の私が、知るはずのないことだ。思わず呟いた言葉を誤魔化すように私は苦笑いを浮かべた。

「ごめんね、まだクラスメイトの名前と顔がきちんと覚えられてなくて」

「ああ、俺もだよ。だから気にしないで。竹中さんは学級委員だからかろうじて覚えてたけど、他はなかなか……」

「ならよかった。でも、ホントにごめんね」

「気にしないで。──それじゃあそれ、渡したから。多分あいつ来週には出てこられると思うけど……もうちょっと迷惑かけちゃうかな。ごめんね」

「うん、わかった。大丈夫だよ、わざわざありがとう」

それだけ言うと、堂浦君は自分の席へと戻っていった。

無意識に追った堂浦君の姿は、深雪たちが待つグループへと近付いていく。深雪たちは訝《いぶか》しげに、堂浦君と私の姿を交互に見ていた。

（そりゃそうだよね……）

そう思いながら視線を陽菜に戻すと、なぜか陽菜は机に突っ伏すようにしてジタバタしていた。

「ひ、陽菜……？」

「…………」

「どうし……」

「旭、ズルい」

突然の陽菜の行動に慌てる私に、陽菜は恨みがましく言った。

「ズルい……？」

「……っ！　なんでも、ない！」

「なんでもなさそうには見えないんだけど……」

「なんでもないったらなんでもないの。……で、それ何？」

話をそらすように──けれど気になっていたのは本当のようで、陽菜は私の手元のノートを不思議そうに見ていた。

「ああ、これ……。昨日の委員会で出た話をまとめたノートだよ」

「ふーん？　でも、それをなんで堂浦君が持っていたの？」

「昨日の帰りにあら……鈴木君の家に持っていったのを、預かってきてくれたみたい」

そういえば……日記帳の中では堂浦君が新の家に寄るのは〝今日〟のはずだった。私のした行動により、また過去が変わり始めていた。

「へー？　旭、鈴木君の家なんて知ってたんだ？　ってか、わざわざ自宅まで持っていったの？　なんで？」

不思議そうな陽菜。それもそうだ。だって、今の私は数日前初めて新と同じクラスになってたまたま同じ委員になっただけ、それだけの間柄なんだから。

「ううん、知らなかったから住所は田畑先生に聞いたの。ノート持っていくか迷って先生に相談したらついでに数学のプリントも持っていってくれって言われてそれで……」

苦しい。こんな言い訳、どう聞いても苦しい。

「ふーん、そっか！　旭いい人だもんね！　でも、あんまりいい人すぎると禿《は》げるよ？」

（誤魔化せた……）

笑いながら言う陽菜にホッとする。深追いしてほしくない時には、スッと引いてくれる。お喋《しゃべ》りが大好きで、明るくて、女の子らしくて、可愛《かわい》らしい大好きな私の親友。

「ほっといてくださいー！」

「あはは、冗談だよー」

冗談を言い合って、笑い合って。私は当たり前のように〝三年前〟の時を過ごしていた。

「よーし、みんな揃《そろ》ってるなー」

田畑先生の声が聞こえて、慌てて私は身体の向きを直す。手にしたノートも机の中に入れようと動かした拍子に、中から一枚の紙が落ちた。

「あ……」

そういえば、昨日新がもしも寝込んでいた時のためにと、メモを挟んだことを思い出した。必要なかったな、と思いながら拾い上げた紙には——私のものとは違う筆跡で一言。

『——ありがとう。ノートもメモも嬉しかった！』

そう書かれていた。

（新……）

どうしようもなく、新に会いたい。会って、好きだよって大好きだよって伝えてギュッと抱きしめたい。

――できないもどかしさを誤魔化すかのように私は、新からのメッセージが書かれた紙を強く強く抱きしめた。


「そうしたら、悪いが頼むな」

「はーい」

「旭ごめんねー！」

「大丈夫だよー」

放課後、そんなに悪いと思ってなさそうな田畑先生と、申し訳なさでいっぱいという顔をした陽菜が、私の目の前に置かれた山のようなプリントを見ながら言う。

（大丈夫じゃないけど……でも……）

大丈夫だって、今の私は知っていた。なぜなら……。

「――私、手伝おうか？」

（来た……）

「……いいの？」

（あの時と、同じだ……）

先生と陽菜が去った後、声をかけてきたのは……帰り支度を終えた深雪、だった。

「うん、今日特に予定ないし」

「そうしたら……お願いしても、いいかな？」

私が過ごしてきた過去も、そして再び過ごしている今も変わらない。

これが、私と深雪の始まりだった。

――パチン、パチンと教室にホチキスで留める音が響く。

目の前では深雪が、山のように重なったプリントを一束一束丁寧に纏《まと》めていってくれている。

（ああ、あの時と同じだ――）

過去を繰り返しているのだから、当たり前なのかもしれないけれど……三年前のあの時も、こうやって私たちは無言でホチキスで留める作業をしていた。

たまに会話をしようとしてみても上手《うま》く続けられず、結局ほとんどの時間が無言のままだった。当時の私はそんな時間に、ほんの少し居心地の悪さを感じていたのだけれど……。

「できたわ」

「え……？」

ボーッと深雪の姿を見つめていた間に、気付けばプリントは全て片付いていた。

「ご、ごめん！　ありがとう！」

「どういたしまして。それじゃあ……」

そう言って深雪はカバンを持つと、教室を出ようとする。

「――ま、待って！」

「何か……？」

「校門まで、一緒に行こう？」

なんとなく、このままにしたくなくて思わず声をかけた私に――驚いたような表情を見せた後、深雪は言った。

「でも、竹中さん田畑先生に報告に行かなきゃいけないんじゃあ？」

「あ……」

忘れていた。作業が終わったら資料を持って報告に行かなければいけなかった。

「そうだった……」

「――職員室の前まで、一緒に行く？」

「いいの？」

「どうせ玄関に出るのに通るから……」

「ちょっと待ってて！　すぐ準備するね！」

慌ててカバンと作った資料を持つと、扉のところで待ってくれている深雪の元へと向かった。

「ごめん、待たせちゃった」

「――それ、持つわ」

言い終わるより早く、私の手にあった資料は半分深雪の手の中にあった。

「……ありがとう」

「――別に、これぐらい……」

そう言った深雪の顔は、どこか照れくさそうに見えた。

「…………」

「…………」

その後も、特に会話らしい会話はなかった。けれど、その沈黙は当時教室で感じたような居心地の悪いものではなかった。

「――それじゃあ、ここで」

職員室の前で、深雪から資料を受け取る。

「今日はありがとう」

「ううん――また、何かあったら手伝うから言ってね」

もう一度お礼を言って手を振ると、深雪も嬉《うれ》しそうな顔をして手を振り返してくれる。

新の日記を読んで過ごす過去の中――けれど新とは関係のないところで、過去が少しだけ形を変えたのを私は感じた。

そうして、今日もまた朝を迎える。ただ、一つ気になることがあった。

「今日は、いつ……？」

私が眠りに落ちた昨日は四月十二日だった。なので、普通であれば今日は四月十三日であるはずだ。けれど……。

(新の日記に書かれていたのは四月十五日、月曜日の出来事だった)

であれば、今日は……。

ベッドの脇に置いてあった携帯電話を取る。パカッと開けてみると……ディスプレイには四月十五日と、表示されていた。

「やっぱり……」

こちらの世界は過去であり……新の日記の中。だから、新の日記の通りに日付が動いていく。

「──なら、もしも……」

怖いことを思いついてしまった私は……その考えを振り払うように、ベッドから起き上がった。

(もし、過去を変えて新が日記を書くのをやめてしまったら……どうなるの？)

そんなこと考えても仕方ない。

「今はとにかく、あの時と同じ未来を作らないようにしなくちゃ……」

小さく呟《つぶや》くと、私はパジャマを脱いで中学校の制服を纏った。

「……っ、竹中さん！」

校門を通り抜けようとした時、後ろから私の名前を呼ぶ声が聞こえた。

（この声……！）

何度も聞いた、大好きな大切な人の声……。

振り向くとそこには——学生服に身を包んだ新の姿があった。

「す、ずきくん！」

「おはよ！　この間はありがとう」

「おはよう！　もう身体《からだ》大丈夫なの？」

「うん！　もうすっかり元気！　迷惑かけてごめんね」

申し訳なさそうに言うけど、私は思いがけず新に会えてドキドキしている。だって……。

（日記の中では、今日はまだ休みだったはず……）

——過去が、また変わった。

「だ、大丈夫だよー！　陽菜とか……あと小嶋《こじま》さんが手伝ってくれたから」

「深雪？」

突然出た深雪の名前に、不思議そうに首をかしげる新。それもそのはずだ。新が知ってる私たちには何の接点もなかったから。――けれど、その接点を、新が休むことで作ってくれた。

「うん、金曜の放課後にね。助かっちゃった」

「そっか、悪いことしちゃったなー。でも、今日からは俺も頑張るからね！」

「ありがとう」

ニッコリと笑う新の顔は、昔よく見た私の大好きだった彼の笑顔そのものだった。

「あー新と、竹中さんだー！」

下駄《げた》箱まで行くと深雪の声が聞こえた。おはよう、と声をかけると笑顔で駆け寄ってきてくれる。

「おはよっ！ っていうか、新はもう大丈夫なの？」

「ん、ごめんなー。俺の分の仕事やってくれたってさっき聞いてさー」

「あー……」

深雪はチラッと私の方を見ると……ちょっと照れくさそうに言った。

「その、竹中さんが一人でやるんだったら、私も一緒にやろうかなと思っただけよ」

「どういう……」

「だから……」

「深雪はね、竹中さんと話すキッカケを探してたんだよ」

深雪の後ろから、からかうような口調の声が聞こえてきた。

この声は——。

「……堂浦君」

「おはよー竹中さん。新も深雪もおはよー」

「奏多!!」

堂浦君の言葉に、深雪が怒ったような声を出す。

「——堂浦君。さっきの、どういう意味……?」

「なんか思春期の男の子みたいにモジモジしてたよ？　いつ話しかけたら変じゃないかな!?　って」

「奏多っっ！　ち、違うからね竹中さん！　別に私……！」

「っ…ふふふ」

いつもの深雪からは考えられない、真っ赤になって動揺する姿が可愛《かわい》らしくて……思わず笑ってしまう。

「ちょっと、何笑って……！」

「ははは」

「新まで!!」

「はっはっはっは」

「奏多うるさいわよ!!」

こんなふうに深雪が思ってくれてたなんて、この時の私は全く知らなかった。

なんだか……嬉しい。

緩む口元を押さえながら深雪の方を見ると、何かを決意したように——うん、と呟いて深雪は私に言った。

「あの、ね。私も旭って呼んでいい……？　私のことも、深雪って呼んでいいから」

「いいよっ」

「ありがとう、旭」

名前を呼びながら、まだ少し恥ずかしそうに深雪は微笑《ほほえ》む。

「あっ……、じゃあ俺も！」

「俺も俺もー」

便乗する二人にもいいよと笑いかけると、一瞬——新が嬉しそうな顔を見せた気がした。

「俺のことも新でいいから！」

「俺は奏多ね」

「あはは、三人ともこれからよろしくね」

微笑む私に新たちは、懐かしい笑顔を見せた。

　ざわつく教室に深雪たちと入ると、なぜか驚いた顔をした陽菜と目が合った。

（……？）

　とりあえず深雪たちと別れ、自分の席へと向かう。

「おはよー陽菜ーどうしたの？」

「……おはよ。どうもしないけど……旭こそどうしたの？　小嶋さんや鈴木君――それに堂浦君とやけに楽しそうだったじゃん」

「そうかな？　うん、そうかもしれない」

　過去だとしても、もう一度新と話ができるのが嬉しい。嬉しくてしょうがない。――そう思いながら返事をすると、どこか不機嫌そうな陽菜の姿があった。

「陽菜……？」

「別にー」

　そう言うと陽菜は机の中からプリントを取り出して、私の方を見ずに問題を解き始めた。

（……陽菜？）

　どうしたらいいのかわからないまま……教室にはチャイムが鳴り響いた。

「じゃあ、悪いがこれ頼んだぞ」

悪いなと言いながら、田畑先生は全く悪いと思っていない表情だ。

――あの後、陽菜はいつも通り話しかけてくれたが、どこかよそよそしい雰囲気のままだった。放課後こそきちんと話を！　と思っていた私の前には、今日も今日とて大量のプリントが山積みになっていた。

「はーい」

（しょうがない……話はまた明日にでもしよう……）

気持ちを切り替えてプリントの山と戦う覚悟を決める。

「なんすか、これ」

「今日は鈴木もいるからな！　たっぷりこき使ってやれ！」

「はい！」

「え、なんか楽しそうに言ってない!?　どういうこと!?」

焦る新を見て笑うと、新も頭を掻《か》きながら笑った。

「今日も私……」

「はい、深雪は俺と帰ろうねー」

「ちょ、奏多！　なんで!!」

「邪魔しちゃダメだよー」

新の後ろから顔を出した深雪を堂浦君――もとい奏多が連れ去っていく。

「ごめんなー、あいつらなんか騒がしくって」

「ううん、大丈夫だよ。でも、別に二人がいたって邪魔なんかじゃなかったのにね」

奏多の言った一言が気になった私は笑いながら新に言うと……新は表情を隠すかのように、口元を学ランの詰襟で隠した。

「——俺にとっては、邪魔……かな」

「え……？」

「竹中さ……旭と、喋《しゃべ》ってみたかったのは……深雪だけじゃないんだよ……」

恥ずかしそうに眼《め》をそらすと……新は小さな声で何かを呟いた。けれど、その声は小さすぎて私には聞き取ることができなかった。

「今、なんて……？」

「……なんでもない！　さっさとやっつけちゃおうか！」

新の顔がなんだか赤らんでいるような気がしたのは……もしかしたら、私の気のせいではないのかもしれない——。

黙々と目の前のプリントを製本していく。

「…………」

「…………」

顔を上げると、真剣な表情をした新がいた。

(こうやってまた新の傍《そば》にいられる日が来るなんて、思ってもみなかったな……)

あの日から忘れようとしても忘れられなくて、でも嘘《うそ》でも忘れたふりをしなければ辛《つら》すぎて。

もう大丈夫だって何度も自分に言い聞かせて、そのたびに夢の中であの日の新を追いかけていた。手を伸ばして、届かなくて、泣いて……何度も何度も新を思い出していた。

「……ん？」

「あ……」

私の視線に気付いた新が、不思議そうにこちらを見た。

「どうかした？」

「え、えっと……」

「あっ俺の顔なんかついてた!?」

慌てたふうに顔を拭う新の姿が可愛らしくて、思わず笑ってしまう。

「あ、なんだよー笑ったな」

そう言いながら新も笑う。

あの頃と同じような空気が流れる。新の優しさに包まれて、幸せだったあの頃と。

「そういえば、さ」

「ん？」

「この間、ありがとうね」

「え……？」

少し照れた顔をしながら新は言う。

「その、嬉《うれ》しかったんだ。旭がノート持ってきてくれたの」

「なら、よかった。余計なお世話だったらどうしようかと思ってたの」

へへっと笑う私を見て、新も恥ずかしそうに笑う。

「そんなこと思うわけないよ！　迷惑かけてるんじゃないかって、ずっと気になってたから……なんか、待ってくれてるんだって思うと、すっごい嬉しかった！」

ストレートに届く新の言葉に、火照る頬を隠すように私は両手で顔を覆った。

「旭……？」

「うん……待ってた……。新とこうやって一緒にいられるの……ずっと待ってた……」

さよならを言われたあの日から……ずっと、ずっと、こんな日がもう一度来るのを、待っていた。手を伸ばせば届く距離に新がいて、笑い合って、名前を呼んで。そんな日々をもう一度過ごしたかった。

「あ、旭……？」

「なんでもない！　こうやって新と一緒に作業できるのが嬉しいなって。それだけ！」

「……うん。俺も！」

顔を見合わせて笑い合うと、私たちは目の前のプリントへと視線を戻す。昨日より減りが遅いのはきっと――新と二人だから……。

「それじゃあ、さっさと続き終わらせちゃおっか！」

「だね」

夕日に照らされた教室で、私たちはたまにふざけながらもプリントの山を片付けていった。


「終わったー！」

「結構かかったね」

全ての製本が終わる頃には、外は随分と暗くなっていた。四月といえど、十八時を過ぎれば日も暮れてしまう。

「疲れたねー」

「だね。でも終わってよかったよ。これってオリエンテーションのやつでしょ？」

「そうだよー。もうすぐ準備が始まるからそれまでに製本だけでも終わらせなくちゃいけなくて」

「ごめんね、俺が休まなきゃもっと早く終わったのに……」

申し訳なさそうに言う新に、大丈夫だよと微笑む。

「それに新が休まなかったら、深雪と話すキッカケもなかったかもしれないしね」

「それは……ならよかった、って言っていいのかな…？」

「あはは、終わりよければ全てよしだよー」

笑う私に複雑そうな顔をする新。

「まあ、いっか！　それに……旭とも仲良くなれたし！」

「っ……！」

「え…あ、違った…？　仲良くなれたと思ったのは俺だけだった!?　うわっ恥ずかし!!」

「そ、そんなことないよ！」

「ホント…？」

慌てて訂正をした私に、心配そうにこちらを見つめる新はなんだか捨てられた子犬のようで……その仕草があまりにも可愛《かわい》らしく、笑ってしまいそうになるのを必死で堪える。

「うん！　仲良くなれた！　なれたよ！」

「ならよかった！」

真っ赤な顔で笑う新に負けないぐらい赤い顔をして私も笑った。

「もう真っ暗だねー」

「そうだねー」

「もう少し明るい時間が長ければなー」

「すぐにそうなるよ」

他愛もない話をしながら、校門を出て二人で並んで歩く。

「あ……私、こっちなんだ」

学校を出てすぐの曲がり角で、私はまっすぐ行こうとする新に言った。

「あ…そうなんだ」

「うん、だから……」

「そうだ！　ちょっと待ってて！」

私の言葉を遮って、新はどこかに行ってしまう。

（どこ行ったんだろ……？）

長袖の制服を着ていても春の夜風は少し冷たい。街灯の下で待ちながら、思わず自分の身体《からだ》をギュッと抱きしめていた。

「寒っ…」

「ごめん、お待たせ！」

「ひゃっ…!!」

暗闇から現れた新は……何かを私の両手に押し当てた。声を上げた私を、新は笑う。

「……ココア？」

「うん、この間のお礼」

「気にしなくていいのに」

「俺も飲みたかったから」

そう言う新の手の中にはブラックの缶コーヒーがあった。

（あ……）

新の好きなメーカーのブラックコーヒー。

家で淹《い》れるのも好きだけどこれも好きなんだ、なんて言ってる新の真似《まね》をして何度かチャレンジしたけれどいつも最後まで飲みきれなくて。「旭は子供だなー」なんて言って、いつだって新が飲んでくれていた。

「ん？」

「あ……コーヒー好きなの？」

「ああ、これ？　そうなんだ。家で淹れるのもいいんだけどたまにこれ飲みたくなるんだよね」

幼さの残る表情で笑う新と、ブラックコーヒーがあまりにも不似合いで思わず笑ってしまう。

――思わず笑ってしまわなければ……きっと泣いていた……。私が一緒の時を過ごした新と、目の前にいる新を重ね合わせて、思い出して、きっと泣いていた……。

手に持った缶コーヒーを一気に飲み干すと新はニッコリ笑って私に言った。

「それじゃあ、気を付けて帰ってね！　風邪ひかないように！」

「新もね！　また明日ー！」

「また明日！」

同じ道を歩いて帰るほどには、まだ私たちの距離は縮まってはいなくて。

けれど、手の中のココアの温《ぬく》もりが新の優しさに触れたようで——。とても、とても幸せだった。

でも、私はわかっていなかった。

過去を変えるということが必ずしもいいことばかりではないということを。

眩《まぶ》しく差し込む光に目を開けると、私はいつものようにベッドにいた。

「朝、だ」

目が覚めると無意識に携帯電話に手を伸ばしてしまう。

そして、日付を確認する。

「四月十六日……」

新の日記に書かれていた中で、私が読んだ最後のページの日付だ。と、いうことは今日が終われば私は目覚めるのだろうか？

(何日も夢の中で過ごすと、何が現実で何が夢なのかわからなくなってくる……)

本来であれば新は今日から学校に来るはずだったから、少しずつ――でも確実に過去は変わっていっているはずだ。この時期に、新や深雪とあんなふうに親しげに話をすることはなかったし、現在の私は堂浦君を奏多なんて呼んだことはない。

新の幼馴染《おさななじみ》で仲のいい男子――それぐらいの認識だった。

「これでいいんだよね」

思わず口に出して呟《つぶや》いてみる。けれど――その問いへの答えが、返ってくることはなかった。

(あれ……？)

教室に着くと、いつも私より先に来ているはずの陽菜の姿がなかった。

(今日休みだったっけ……？　でも、なにも連絡来てないし……)

携帯を確認してみるけれど、特に通知はない。不思議に思いながらも、とりあえず席に着くために教室に入ろうとした私に、後ろから誰かが声をかけた。

「おはよう、旭」

「お……はよう！」

振り返った先には堂浦君——ううん、奏多の姿があった。

「早いねー、いつもこんな時間？」

「だいたいこれぐらいかなー？　奏多も？」

「俺もこんなもんかな？　新はもっと遅いけど」

そういえば、いつもチャイムと同じぐらいに慌てて来ていた気がする。田畑先生がギリギリ遅刻をしない新を、呆《あき》れたように注意していたのを思い出して思わず笑ってしまう。

「だからさ、昨日はきっと楽しみだったんだと思うよ。学校に来るの」

「え……？」

「いつもより三十分以上も早く来てたもん。よっぽど嬉しかったみたいだね、旭が家に来てくれたのが」

ニッコリと笑う奏多にそれ以上何も言えず——赤くなった頬を隠しながら足早に自分の席へと向かった。

（もう……なんだか奏多には、全部見透かされている気がする……！）

席に着いてカバンを置きながら赤い顔を冷ますために手で扇《あお》いでいると、目の前にはいつの間にか、陽菜が立っていた。

「……陽菜!!　おはよう！」

「……おはよう」

心なしか声のトーンが低い。

「あの……今日遅かったんだね！　休みかと思っちゃったよ」

「来ちゃまずかった？」

「え……」

「っ……ごめん、なんでもない」

なんでもない、と言いながらも──陽菜は辛《つら》そうな表情をしていた。

「陽菜……？」

「ちょっと、放っておいてもらってもいいかな」

「陽菜……私、何かした？」

「……」

「陽菜……？」

「──ごめん」

そう言うと……陽菜は自分の席へと歩いていった。

陽菜は私の後ろの席で。だから、後ろを向けばそこにいるはずなのに──たった机一つ分の距離が、なぜかとても遠く感じた。

ＨＲが終わり一限目の用意をするために椅子を引くと、陽菜の机に椅子が当たった。

「あ、ごめん！」

「…………」

振り返る私の顔を、陽菜は見ない。

「ねえ、陽菜……」

「…………」

——何も言わない。

そんな陽菜との空気に耐えきれず、私は自分の席の方へと視線を戻した。

「旭、あのさ」

「……奏多？」

そんな私に声をかけてきたのは、朝と同じく奏多だった。

「——っ」

「あっ……」

ガタン、という大きな音に驚いて振り返ると……教室のドアに向かって歩く陽菜の姿が見えた。

（陽菜……？）

「ごめん、今まずかった？」

「……ううん、大丈夫だよ。どうしたの？」

「新のやつちょっと具合悪くなっちゃって。一限目保健室行くから号令よろしくだって」

「えっ!?　大丈夫なの？」

奏多の言葉に思わず身を乗り出すと、大丈夫だよと奏多は微笑《ほほえ》む。

「ちょっとしんどいだけだから。昼には戻れると思うって言ってたし心配ないよ」

「でも……」

（もしかして心臓の……）

不安に思う私の気持ちをどう誤解したのか、奏多は笑いながら言う。

「大丈夫だって！　今日の委員長の仕事全部押しつけるわけじゃないから！」

そういうわけじゃない……そういうわけじゃない、けれど――何も言うことはできない。

だって、今ここにいる私は新の病気のことなんて、なにも知らないはずなのだから。

「……わかった。じゃあ午前中の号令はしておくね！　わざわざありがとう！」

「ん、よろしくね」

そう言って奏多は自分の席に戻っていく。

そして――陽菜が戻ってこないまま、一限目の授業は始まった。

「竹中ー。辻谷はどこに行ったんだ？」

「わかりません……」

数学の授業が終わり昼休みが始まると、田畑先生が私のところにやってきた。

――結局、午前中の授業が終わるまでに、陽菜が教室へと戻ってくることはなかった。

携帯も電源を切っているのか繋《つな》がらない。

休み時間にトイレや保健室を見に行ったが、陽菜の姿はどこにも見当たらなかった。

「でもカバンはここにあるので帰ってないとは思うんですが……」

「うーん、このままだと家の方に連絡を入れなきゃいけなくなるから、その前に捜してきてくれるか？」

「わかりました」

先生に言われなくてもそうするつもりだったけれど、私は校内にいるはずの陽菜のことを捜すために教室を出ようとした。

「旭？」

「新！」

ドアを開けると、そこには今まさにドアに手をかけようとしていた新の姿があった。

「どうしたの？　そんなに慌てて」

「えーっと……ちょっとね。それより新は大丈夫なの？」

「心配かけてゴメン。もう大丈夫だから！」

「ならよかった！」

「ホントごめんね、今度ジュースでも――」

奢《おご》るから——と言いかけた新の言葉を遮ると、私は慌てて廊下へと飛び出す。

「新！　ごめんね！　今ちょっと急いでるから、また後でね！」

「え、旭!?」

走り去る私の背中に……あっけにとられたような新の声が聞こえたけれど、私は振り返るわけにはいかなかった。

(陽菜を、捜さなきゃ……)

私は廊下を抜けると、休み時間には行けなかったところへ向かった。それは校舎を出て少し歩いたところにある古い図書館だった。

(校舎の中にはいなかった。ならきっと、陽菜はここだ……)

重い扉を開けると、薄暗くてかび臭い、そして静まり返った空間が広がっていた。

奥のスペースに歩いていくと——思った通り、そこに陽菜はいた。

「陽菜……」

「あさ……ひ」

「見つけた。ね、教室、戻ろう？」

「……やだ」

「陽菜……」

窓際に座り込む陽菜の隣に並んで座ってみるが、こちらを見ることはない。

「陽菜……その、ごめんね。私何かしたんだと思うんだけど、全然わからなくて……」

「……」

「でも、陽菜とこんなふうになっちゃうのは悲しくて、だから――」

必死に言葉を紡いでみるが、相変わらず陽菜は俯《うつむ》いたままだ。

「だから怒ってる理由、教えてほしいんだ」

「……」

伝えることは難しい。それが自分に対して怒っている人になら余計に。けれど、こんなふうに――何もわからないまま友人を失うのは、嫌だ。

「……」

「……旭、最近堂浦君たちと仲、いいよね」

「へ？」

思ってもいなかったことを言われ、間の抜けたような声を出してしまう。

「かな、た？」

「す、鈴木君とか！　小嶋さんとも！」

「そう、かな。え、でもそれが……？」

新たちと仲良くなったことと今回のこと、どんな関係があるのかさっぱりわからない。

けれど……そういえば、この間も陽菜は言っていた。――堂浦君とやけに楽しそうだったじゃん、と。つまりそれは、もしかして……。

「ひ、陽菜？　間違ってたら申し訳ないんだけど……もしかして陽菜って、その……奏多のこと――」

「ち、違うよ⁉　別に堂浦君のこと好きとかそんなんじゃあ……‼」

「陽菜、私まだそこまで言ってない……」

「あああっ。ちが、違うんだからね⁉　ホントに……‼」

真っ赤になった陽菜は、顔を隠すためか近くにあった本を自分の顔に押しつけている。

（そっか、それで……）

「――でも！　別にそれだけじゃなくって」

「陽菜……？」

「なんか……旭が私といる時よりも堂浦君たちといる方が楽しそうで……」

「陽菜……」

そんなことない！　と、言おうとしたが……言えなかった。だって、今の私にとって陽菜は三年ぶりで……毎日会っていた頃に比べると、どこかよそよそしくなっていた気がする。

過去の私なら……もっと陽菜との距離も違っていたのかもしれない。

（ごめんね、陽菜……）

本当のことは伝えられないけれど……代わりに私は、

「──陽菜、私ね」

「何……？」

「新のことが、好きなんだ」

この──今過ごしている過去の世界では、まだ誰にも伝えていないこの気持ちを……大切な親友に明かすことにした。

「えっ……ええっ⁉　新って……鈴木君⁉」

「うん」

「え、なんで⁉　なんで⁉　あ、だからこの前家まで行ったの⁉」

身を乗り出すようにして聞いてくる陽菜の表情は、さっきまでの暗い表情ではなくていつもの明るい陽菜だった。

「だから……堂浦君たちと仲良くなったの……？」

「新と話をしているうちに、気付いたら仲良くなってたんだ」

「じゃあ……じゃあ……堂浦君を好きなわけじゃないんだ──」

ホッとした顔をして、陽菜が私の方を見た。

「やっとこっち見てくれた」

「……ゴメン」

「ううん、私の方こそ……ゴメンね」

顔を見合わせて謝り合うと、私たちはどちらからともなく微笑んだ。

「はー、緊張した。陽菜にしか言ってないんだから内緒だよ？」

「うん……」

教室に向かって歩きながら私は陽菜に言った。そんな私に、陽菜も小さな声で言う。

「私も、ね」

「うん？」

「私も……ね、堂浦君のことが、気になってるんだ」

ぎゅっと自分の手を握りしめながら陽菜は言う。

「……そっか」

「うん……内緒だよ」

「わかった」

「──約束、ね」

謝り合って笑い合って、なんとなくあの頃の私たち二人の距離に、戻った気がした。

「あ！　帰ってきた！」

「え、新？」

「おかえりー」

「どっ、堂浦君！」

教室に着くと、入口には新と奏多が立っていた。

「なかなか帰って来ないから心配してたんだよ」

「そっか、ゴメンね」

話をしている私たちの傍《そば》で、陽菜はどこか居心地が悪そうにしている。

「ひ――」

「あ、辻谷さん」

「なっ、なに!?」

（陽菜、声ひっくり返ってるよ……）

奏多も同じことを思ったようで、一瞬の間の後――噴き出していた。

「っはは！　何その反応！」

「ご、ごめん！」

「あーおっかしいの。で、なんだっけ……そうだ、田畑先生が教室に戻ったら職員室に来るようにって言ってたよ」

「そ、そっか！　ありがとう！」

恥ずかしさのあまり、慌てて廊下を駆けていこうとする陽菜を奏多が呼び止めた。

「あ、俺もこれ提出するから一緒に行くよ」

「えっ、えっ!?」

そう言うと、奏多は職員室に向かって歩き始めた。その隣には……ぎこちなく笑う陽菜の姿があった。

(陽菜……ごめんね)

過去を変えるということは、過去になかったことが起きる。

——それは新とのことだけとは限らない。

そんな当たり前のことに、私は陽菜とのことがあるまで気付けなかった。

傷つけてしまった親友を思いながら……私は隣にいる新に、小さく微笑《ほほえ》んだ。

そんなことがあった日の放課後。私と新は二人で木陰のベンチに座り、並んでクレープを食べていた。

「これ、美味《おい》しいね」

「う、うん」

新は手に持ったクレープを頬張りながら、ニコニコと笑っている。

(なんで、こんなことに……)

現在私たちは放課後デート真っ最中……ではなく、先生に頼まれたおつかいのため近くの商店街まで来ていた。

「それにしても田畑せんせーひどいよなー。作業が早く終わったならちょっと行ってきてほしいだなんて」

「ホントだね……」

「しかも奏多たち俺らに全部押しつけやがって」

「でもまあ、部活は仕方ないんじゃないかな……」

そう——先生から話をされた時には陽菜や深雪、奏多もその場にいて、みんなで行ってきてくれ、という話だったのだけれども。

「あ、私部活あるんだ」

「私も……」

「じゃ、俺もそういうことでー」

と、いうことで三人とも姿を消し……結局、私たち二人で来ることになった。

私としては嬉《うれ》しいけれど……新はどうなんだろう。私にとっての新は好きな人——だけど、今の新にとっての私は、出会ったばかりのクラスメイトだ。

逆の立場なら……うん、気まずい。

「ん？　どうかした？」

「や、えーっと……陽菜や深雪は部活だからしょうがないけど、奏多は来てくれてもよかったのにね」

「………」

「新……？」

気心の知れた友人が一緒の方がよかったのでは――と思って言った私の言葉に、なぜか新は不服そうな顔をして黙り込んでしまう。

「どうかし――」

「旭は、奏多と一緒がよかったってこと？」

「え……？」

「俺は……旭と二人で嬉しいんだけど……」

「新？　今なんて……？」

最後の言葉は、小さな声だったから上手《うま》く聞き取ることができなかった。

思わず聞き返した私に、

「……別に！」

「あ、新……」

そう言って立ち上がると、新は食べ終わったクレープの包み紙をクシャッと丸めて、近くのゴミ箱に向かって歩いていってしまった。

（急にどうしたんだろう……）

どうしていいかわからず、後ろ姿を見つめていると……新が私を振り返る。

「ごめん！　なんでもない！　先生のおつかいさっさと済ましちゃおうか！」

そう言った新は、いつもと同じように笑っていた。


しばらく歩いた私たちは、とあるお店の前で立ち止まる。

「えーっと……ここかな？」

「みたいだね」

それらしきお店を見つけた。――うん、地図に描いてあるところと同じだ。

「こんにちはー……」

おそるおそる中に入った私たちを、お店の人が出迎えてくれた。

田畑先生から預かった引換券を見せると、奥にあるからちょっと待ってね、と言いながら歩いていってしまう。

――発注していたものを取りに行くのを忘れたが、明日どうしても必要だから取ってきてほしい――そう言って田畑先生が頼んできたもの、それは……。

「これって……ハチマキ、だよね？」

「だね……。クラスカラーだから、俺らが使うものかな」

ハチマキの薄い青色は私たちのクラスカラーだった。

「配達にしとけばいいのに、なんで取りに行くのを選んだんだろ」

「ホントだね」

苦笑いをしながらレジで引換券を渡して袋を受け取ると……想像したよりも重かった。

「わっ、結構重い……」

「俺が持つよ」

私の手から軽々と取り上げると、新は笑いながら言った。

「こういうのは男の仕事なの」

「でも、私だって頼まれたのに……」

「ああっ、もう！　ちょっとぐらいカッコつけさせてよ」

少し頬を赤く染めた新はお店を出て、来た道をスタスタと戻り始めた。

「あ、ちょっと待って」

「置いてくよー？」

そう言いながらも、立ち止まって私が追いつくのを待ってくれる。

「ありがとう」

「……奏多ほどじゃないかもしれないけど、俺だって役に立つんだからね」

「奏多……？」

そういえばさっきも奏多がどうの、と言っていた気がする……。

もしかして——いや、でもまさか……。

「私が……奏多と一緒に来たかったって、思ってる？」

「……違うの？」

「——私は、新とだから嬉しいよ」

どこまで気持ちを伝えてもいいのだろう。

全て伝えると、告白のようになってしまいそうで……。

「……俺も！」

「え？」

「俺も、旭と二人で来られて嬉しい。だから、また来ようね！　今度は先生のおつかいとかじゃなく！」

「うん！」

新の気持ちがまっすぐに伝わってきてなんだかくすぐったい。

耳まで真っ赤にして、照れくさそうにそっぽを向く新を見つめながら私は、少しずつ近づいていく距離に胸が高鳴るのを感じた。

クレープも食べたし、頼まれていた品物も受け取った。あとは帰るだけ——そう思いながら新の隣を歩いていると、ふいに寂しくなる。

このまま別れてしまえば、次に会えるのはまた日記を読んで眠った後……。

「ねえ、新！」

「え？」

「あの……その……っ」

思わず、新を呼び止める。……けれど、何があるわけでもない。必死に考えるけれど、何も思い浮かばない……。

「ううん……なんでもない」

「…………」

結局、誤魔化すように笑うことしかできなかった。そんな私を見つめた新は、キョロキョロと辺りに視線を巡らせる。そして――。

「ね、あそこ行ってみない？」

新が指さしたのは――ファンシーなグッズからプラモデルまで、幅広く置いている雑貨屋さん……だった。

「いいの？」

「いいも何も、俺が行きたくて聞いてるのに。変な旭」

そう言って新は笑うけど、きっと私がまだ帰りたくなさそうな顔をしていたから――。

「ありがとう」

「だから、なんでお礼なんて言うのさ。ほら、行ってみよ!」

新は私の手を引っ張ると、その不思議な品揃えの雑貨屋さんへと入っていった。

お店の中にはちょっと変わったものから見たことのないようなものまでところ狭しと並べられていた。


「ね、旭。見て見て」

「ん?って、何それ!?」

「フランケンシュタインだぞー」

「あはは、それ被《かぶ》って学校来たら?」

「これ可愛《かわい》い!」

「女子の可愛いってたまに変だよね」

「えーそうかなー?」

被り物やキモカワイイぬいぐるみを見ながら新とキャーキャー言っていると、さっきまで感じていた寂しい気持ちなんてどこかに行ってしまう。……そんな私を見つめながら、新が優しく微笑んでいた。

「あー楽しかった！」

「ホントにね！　今日はありがとう！」

「こちらこそ！　それじゃあ、また明日！」

「うん！」

私の家と新の家の分岐点、今日もここでお別れだ。手を振る新の姿を見送ると、私は家への道を一人歩いていく。

（あの頃――付き合っていた頃は……この道のりも一緒に歩いてたなぁ）

当たり前のように、それが当然であるかのように新はいつだって隣を歩いてくれていた。

（でも、まだ今は……）

「旭！」

「え……？」

寂しく思いながら歩く私の肩を、新が少し息を切らせながら摑《つか》んでいた。

「……これ！」

そう言って新が差し出したのは……小さなストラップだった。

「その……さっきのお店で見かけて、なんか旭っぽいなと思って！　い、いらなかったら捨てていいから！　それじゃ！」

ストラップを私に押しつけると、新は慌てたように来た道を戻っていった。残された私の手の中には小さな猫がついたストラップが一つ。

「——いつの間に、こんなの買ってたんだろ……」

今の私の過去にはない新しい思い出がまた一つ。

「ありがとう、新」

もらったストラップを携帯につけると、新が帰っていったのとは反対の方向に向かって私は一人歩き出した。

第二章

――眠りから目を覚ます。

目を閉じる前と何も変わらないように思えるのに、そこにいるのは確かに今の私だった。

「帰ってきちゃった」

部屋を見渡すと、そこは間違いなく私の部屋で。――なのになぜだろう。軽い違和感を覚える。

掛かっている制服は高校のもので、机の上には充電器に差したスマホが置いてある。

――いつもの私の部屋なのに、私の部屋じゃないような違和感。

「ちょっと……キツイ、かな」

何回目かの過去と現在の行き来のはずなのに、胸に重りのようなものを感じるのはきっと……連続した日を向こうで過ごしたからだろう。

当たり前のように新《あらた》のいる日々を、過ごしたから……。

「この世界に、新はもういない……」

頬を伝う涙が、私の手を、パジャマを濡《ぬ》らす。

大声で泣き叫びたかった。新の名前を、新への想《おも》いを叫びたかった。けど……家族を心配させることを思うと、それもできなかった。

「っ……ひっ……く……あら、た……」

私は……必死で声を抑えながら、パジャマの袖口を涙で濡らし続けた——。

学校に行かなければいけない。当たり前のように、今の私の日常を送らなければならない——。

「準備、しなくちゃ……」

まだ涙の乾ききっていない目を擦ると、ベッドから立ち上がった。

パジャマを脱ぎ捨てて制服に着替えると、今日の授業内容を確認しながら、机に備えつけられた本棚から必要な教科書をカバンに入れていく。

「あ……」

机の上には、昨日の夜に読んだ新の日記帳が置いたままになっていた。

きっと中身は変わっている——変わっているはずだ。でも……。

新がいて幸せだった時間を、新のいないこの世界で振り返ることが今の私にはどうしても辛《つら》くて……。日記帳を開くことができないまま、そっと自分の部屋を出た。

「旭《あさひ》、おはよう」

教室に着くと、いつものように深雪《みゆき》が声をかけてくれる。

「おはよう」

「大丈夫……？」

「うん……」

「顔色、悪いわよ？」

「大丈夫だよ」

笑ってみせるけれど、納得のいかない顔で深雪は私を見ていた。

（誤魔化すことなんてできない、か……）

何年友達やってると思ってるのよ！　なんて声が聞こえてきそうな深雪の顔を見ながら、私は仕方なく口を開いた。

「――複数の日付の日記を読むと、その分連続して夢の中で過ごすことになった……」

「そう、なの……」

「目が覚めて、ここにはもう新はいないんだなって、そう思ったら……」

「旭……」

喋《しゃべ》りながら涙が出そうになるのを必死で堪えていると――目の前の、深雪の机に滴が落ちた。

「なんで……深雪が泣くのよ」

「わかんないわよ！　わかんないけど……うぅっ……」

「やめ、てよ……私まで……」

抑えきれなくなった涙は、深雪のものと混じって机の上に小さな水たまりを作っていく。

「っ……」

「うぅっ……」

向かい合ったまま涙を流す私たちを、クラスメイトたちは怪訝《けげん》そうな顔をして見つめていた。


「ただいまー……」

「お邪魔しまーす」

あの後、教室にやってきた担任に心配された私たちは、二人仲良く早退となった。

「でも、ホントに大丈夫なの？　早退したのにうちに来てることがバレたら……」

「大丈夫よ。母には心配だから旭を家まで送ってから帰るって連絡しといたから」

ニコッと笑う深雪の手際の良さに感心する。

「それにほら……夢の話も、ちゃんと聞きたかったしね」

「そう、だね……」

私の部屋のドアを開けると、深雪は机の上の日記帳に視線を向ける。

「でも、やっぱり私には変わった過去しかわからないのね……」

「そうみたい……」

家に帰る道中で、昨日見た夢の話を深雪にしていた。

夢の中で過ごした――四日間の話を。

「昨日、旭から過去が変わっているって話を聞いた。そのきっかけが、新の日記帳であることも、変わっている過去が中学三年生の時のことだっていうのも覚えてる」

一つ一つ確認するかのように、深雪は言う。

「でも、変わったって言われる前の過去の話を――いくら思い出そうとしても、私には思い出せない。そんな記憶は、もともとないかのように感じる」

「深雪……」

力になれなくてごめんね、と深雪は悲しそうな顔をする。

「――旭はどちらも覚えているのよね？」

「うん……。ただ覚えているといっても三年前の出来事をそのまま覚えているわけじゃなくって――新の書いた変わる前の日記の内容を覚えているって感じかな。ああ、そんなこともあったよねって」

「そう……」

何かを考え込むかのように深雪は黙り込むと、

「あいつなら……」

聞き取れないぐらいの小さな声で何かを呟《つぶや》いた。

「深雪……？」

「ごめん、やっぱり私帰るわね」

「え、深雪⁉」

何かを思いついたかのように、深雪は部屋を出ていく。

「どうしたの⁉」

「気にしないで。とりあえずまた明日学校で！」

「深雪……？」

慌てて出ていく深雪の背中をどうしていいかわからず、私は見送ることしかできなかった。

「……また、一人になっちゃった」

シーンとした部屋に一人でいると……どうしても机の上にある日記帳を意識してしまう。

――新と過ごした日々を、思い出してしまう。

また新に会いたいのに……苦しくて苦しくて、もう一度日記帳を開く勇気が出せない。

「新……」

小さく名前を呼んでみても、笑いかけてくれる人は——もう、この世界にいない。

溢《あふ》れ出そうになる涙を、手のひらで拭ったその瞬間——唐突に思い出した。

夢の中での、出来事を。

むしろ、なぜ思い出さなかったのか。どうして忘れていられたのか——。

「どこにしまったんだろう……」

個人情報が——と、うるさい母のおかげで捨ててはなかったと思う。

それに……過去が変わっているのだとしたら、私が捨ててしまうはずがない。捨てられなかったに、違いない。

「あった……」

それは、クローゼットの中の小さな箱に押し込まれるように入っていた。

「新……」

私はそれを——小さな猫のストラップがついた、少し古い型の携帯電話をぎゅっと握りしめる。

今はもういない、彼のことを想いながら……。

「できた！」

手の中には、夢の中でもらったものと同じストラップ。私はそれを以前使っていた携帯電話から、スマホへと付け替えていた。

「今の私にとっては……もらったばっかりなんだし、いいよね」

どことなく汚れてしまった猫からは、私の知らない年月を感じるけれど——それには気付かないふりをしてストラップをギュッと抱きしめ、目の前の新の日記帳を見つめた。

「新……」

新のいない、この世界は寂しい。

けれど次に夢から覚めた時に私は、再びこの喪失感に耐えられるんだろうか……。

「新……」

それでも……。

「でも……」

「やっぱり新に、会いたいよ……」

そして……今日もこの世界にはもういない新の姿を追いかけるために日記帳を開いた……。そこには——私の手によって変えられた、過去が記されていた。

4月11日
最悪だ。さっそく学校を休んでしまった。

今日は各クラスの学級委員で構成された委員会の集まりがあったのに……。
竹中《たけなか》さんに申し訳なく思ってたら、その竹中さんが家まで来てくれた。
せんせーに頼まれたんだろうか？
そんなのどうだっていい。
嬉《うれ》しかった。

1日休んだだけなのに、なんでかみんなに忘れ去られたような気になっていた。
明日も病院に行かなければいけないから学校は休むけど、週明けには行けるように頑張ろう。

4月12日

朝、奏多《かなた》に竹中さんのノートを渡した。
ニヤニヤしてたけど、何か誤解してないかあいつ……。
病院の検査結果は先生も驚くぐらいよかったらしい。

「何かありましたか？」

なんて聞かれたけど……思い当たることは特に。

ただ……ちょっとだけ竹中さんの顔が浮かんだ気がした。

なんでかな。

4月15日

4日ぶりに学校に行けた！

旭（こう呼ぶことにした！　深雪に感謝！）と二人でプリントを製本したりした。

奏多が「貸しだからな」なんて言いながら深雪を引っ張って帰ってくれた。

なんだよ、貸しって……。でも、そのおかげでたくさん話ができた。

ちょっとだけ、仲良くなれた気がする。

そういえば、帰り道ココアをあげたんだけどココアでよかったのかな。

甘いの苦手だったりしなかったかな、ホントはコーヒーの方がよかったとか……。

……ほんの些細《ささい》なことのはずなのに、こんなに気になるのは、なんでだろ。

4月16日

最悪だ。朝から少しだけ調子がよくなかったけど、学校で軽い発作が起きた。

ほんの軽いのなのに保健室のせんせーは何度も早退しろって言ってくるし、こうなると昼まで教室に戻らせてくれないし……。

原因は多分……寝不足で朝走っちゃったからだろうなぁ。

いろいろ考えてたらなかなか眠れなくて。

でも、午後からはなんとか教室に戻れたからよかった！

放課後は旭と二人で田畑《たばた》せんせーのおつかいに。

せんせー自分で取りに行けよな……。

でも、おかげで旭とクレープ食べたり喋《しゃべ》ったり楽しかった！

俺はもしかしたら……。

文字で書くのは恥ずかしいから、やめとく。

明日からは春のオリエンテーションの準備だ！

絶対参加したいから、俺頑張る！


新の日記を読みながら、夢の中で過ごした日々を思い出す。

私にとっては夢の中の出来事だけれど——他の人にとっては確かに起こった過去なのだ。

でも……。

「きっと、まだダメなんだ……」

少しずつ変わってきている過去だけれど、まだ今は変わっていない。この世界の私はまだ、三年前のあの日新と別れたままなんだ。

4月17日
今日は春のオリエンテーションのグループ分けと班ごとの係を決めた。

俺たちの班は旭と奏多と深雪と、あと旭の友達の辻谷《つじたに》さん。
奏多が辻谷さんのことをさらりと陽菜《ひな》ちゃん、なんて呼んでて……あいつの対人スキル、
俺には真似《まね》できない……。

俺と旭は委員の仕事で忙しいから班長は奏多に押しつけといた。

たまにはあいつも動けばいいんだ！


……そういえば、旭の携帯にストラップがついていた。

どうしよう、すっごく嬉しい。めっちゃ嬉しい！

──やっぱり俺、旭が好きなのかもしれない……。


かもじゃない！

俺、旭のことが好きだ！


「……っ！」

突然の新の告白に、心臓が鷲摑《わしづか》みにされたみたいにギューッとなる。

「新……」

嬉しい！　嬉しいはず――なのに……。

「あれ……？」

どうしてだろう。

「涙が……止まらないよ……」

こんなにも悲しい告白があるのだろうか。

好きだって、大好きな人が私のことを好きだって書いているのに……。

その人はもう、いないだなんて……。

「会いたいよ、新……」

気持ちはもう決まっていた。

新の日記帳を閉じようと、視線を日記帳へと戻す。

「……？」

何か変な感じがする。文章？　言い回し？　それとも……。

考えようとするけれど、気が付けば新の書いた好きだという文字に目が釘付《くぎづ》けになってしまう。

ドキドキと高鳴る鼓動が、思考を停止させる。

――胸の高鳴りを抑えきれず、私は考えることを諦めて新の日記帳を閉じた。

「待っててね」

違和感を頭の片隅へと追いやると、私は彼に会うために瞳を閉じて……夢の世界へと旅立った。

◆◆◆

あの日から、目を閉じると新の屈託のない笑顔が思い浮かんだ。

――目を開けると、それが夢だったとわかっていつも泣いていた。

けど……。

「うん、戻ってきてる」

私の目の前に広がる光景は、ずっと思い描いていた、彼のいるあの頃のものだった。

「あ……」

枕元の携帯電話にはもらったばかりの猫のストラップがついていた。汚れなんか全然ついていない、新品のストラップが。

「新……私――」

眠る前にした決意を忘れないように、私はストラップをギュッと抱きしめた。

「おはよう！」

「……おはよ！」

教室に入っていつものように陽菜に声をかける。

一瞬気まずそうな反応をしたけれど……微笑《ほほえ》んでくれる陽菜に安心する。

「昨日ごめんね、部活があったから先生の用事付き合えなくて」

「あ、ううん。大丈夫だよ」

荷物を机に置きながら返事をすると、陽菜が身を乗り出すようにして私の背中を突いた。

「……ね、どうだった？」

「え……？」

いたずらっぽく笑いながら陽菜が聞いてくる。

「鈴木《すずき》君と二人きり、だったんでしょ？」

「なっ……！」

「いいなー、好きな人と二人きりなんてー」

「もう！　からかわないでよ……！」

「ごめんごめん」

咎《とが》めるように言う私に笑う陽菜。

──うん、もう大丈夫だ。

「普通に先生に頼まれたものを、取りに行っただけだよ」

「ふ――ん？」

「なに？」

相変わらずニヤニヤと笑いながら、陽菜は私のスカートのポケットを指さした。

「それ、なーんだ？」

「それ？」

陽菜の視線の先には、ポケットから出ている携帯電話のストラップがあった。

「あっ……」

「昨日までそんなのつけてなかったよねー？」

首を傾げる陽菜に何と答えていいか悩んでいると。

「なーんてね」

「え……？」

「上手《うま》くいってるみたいでよかった」

陽菜はそう言って嬉《うれ》しそうに笑っていた。

「私も旭に負けないように頑張るね」

「うん！」

小さくガッツポーズをする陽菜の姿を見て、私も笑った。

「えーっと、それじゃあ今日のLHRはオリエンテーションのグループ決めとーあとなんだっけ?」

「グループごとの係を決めてもらいます」

新と二人で教卓の前に立ち、クラスメイトに伝える。

「そうそう、そんな感じ! だいたい一グループ五〜六人ぐらいで、男女ごちゃまぜOKなんでよろしくー」

軽快に進めていく新。田畑先生は……私たちに任せて窓の外の鳥を見ていた。

「ってことで、いいよね? ボーッとしてる田畑せんせー」

「おー。そんな感じで。仲間外れとか面倒なことはするなよー。人数多かったり足りなかったりな時は臨機応変で」

(て、適当だなぁ……)

黒板に必要なことを書きながら思わず苦笑い。でも、そんな空気も嫌いじゃなかった。

それはクラスメイトたちも同じのようで、笑いながらいい雰囲気がクラスに漂っている。

——クラスメイトたちがそれぞれ好きな人とグループを組み始めた頃、新が私に言った。

「ねえ、旭はもう誰と組むか決めてる……?」

「え……?」

「もしよかったら……俺らと組まない？」

さらりと言いながらも……新の頬が少し赤くなっていることに気付いてしまった。

「え、えっと……あ、でも……」

陽菜のことが脳裏をよぎる。

「嫌？　俺と奏多とあと多分、深雪もいるよ」

「──そうだ！」

いいことを思いついた私は、不思議な顔をする新に、あのねと切り出した。


「と、いうことでこんな感じになりました｜」

「え、えっ……!?」

「ま、妥当なところだよね」

「やった！　楽しみ！」

「よろしくね、辻谷さん」

一人慌てふためく陽菜を置いてグループ分けは順調に決まった。陽菜、奏多、深雪、そして私と新の五人のグループだ。

「あ、そうだ！　俺と旭は委員の仕事もあるから班長と副班長以外の係でよろしく」

「えｰ何それ」

「まあ、しょうがないよね。実際忙しいだろうし」

「……う、うん」

ね、辻谷さんと奏多に話しかけられて真っ赤になりながら陽菜は返事をする。

……こんなにバレバレなのに、どうして三年前の私は気付かなかったんだろう。不思議に思いながら当時のことを思い出そうとしている間に、班長決めのじゃんけんが終わっていた。

結果、班長は奏多に、副班長は陽菜になった。

「あそこでチョキを出していたら……！」

「往生際が悪いよ、奏多」

「ホントだぞー」

「ふふふ……」

少し打ち解けた様子で、陽菜もきちんと会話に加われていて安心する。

勝手にグループに入れちゃったから心配してたけど……これなら大丈夫かな？

（そういえば……当時は陽菜と二人で困ってたんだよね）

今の私が過ごした三年前はまだそこまでクラスに馴染《なじ》んでいなくて、陽菜と二人でどうしようかと思っている時に四人組で人数が足りないグループの子たちが声をかけてくれた。

（あの時はどうなることかと思ったけど……意外と気が合って楽しかったんだよね）

——なんて、当時のことを思い出していると……おかしなことに気が付いた。

(あれ？　そうだよ、私はあの時陽菜を含めた女子六人のグループだった)

なのに、どうして。

(どうして新の日記には、新たちと同じグループになるって書いてあったの……？)

あの日記は三年前の新が書いていたもので……。それであれば私たちは違うグループのはずで……。

(どういう、ことなんだろう……)

隣にいる新の姿を見つめてみたけれど……疑問に対する答えが返ってくることはなかった。

「——それじゃあ、これ先生のところに持っていってくるよ」

「あ、うん。お願いね」

ボーッとしている間に話は進み、グループの係決めは終わっていた。

「行こうか、陽菜ちゃん」

「う、うん」

奏多と陽菜がグループのメンバーと係を書いた紙を、先生の元に提出に行っていた。

——戻ってきた陽菜は私の隣に来ると、小さな声で言った。

「ありがとね」

そう言う陽菜の顔は、相変わらず真っ赤だった。

「――これで陽菜の気持ちに気付けなくて傷つけちゃったことは帳消しね」

「……うん！」

笑いながら頷《うなず》く陽菜にホッとする。

そのまま滞りなくLHRは終わり、みんなの雰囲気が落ち着かないまま次の授業が始まった。

――私は教科書を開いたまま、さっきのことについて考えていた。

（……そうだよ、グループのことだけじゃない――）

新からの好きの二文字に舞い上がって気付けなかったけれど……。

（呼び方もそうだし……ストラップのこともそうだ。あのストラップは、今の私が過去で、もらったものだ）

だから、あの日記にそれが書かれているわけがない。――三年前の新が書いたはずの、あの日記には……。

書いてあるとすれば、それは――。

（日記の内容も、変わっていっている……？）

過去が変わるのだから、当たり前なのかもしれない。

けれど、私はこの瞬間まで疑っていなかったのだ。

あの日記には三年前に私が過ごした過去が書いてある、ということを。

(頭がおかしくなりそう……)

私の中にあるのは、三年前の私の記憶。それに、今過ごしている新しい過去の記憶。でも私以外の人の記憶は、私が変えた過去が基調となっているのなら……。

(私の中にあるこの記憶は、なんなんだろう……)

考えれば考えるほど、頭がどんどん重くなっていくのを感じた……。


「旭、あのさ！」

——放課後、新が私の席までやってきた。

「今日委員会があるらしくて……。——旭？」

「ん……、委員会……？」

「大丈夫？　何か顔色悪いよ？」

私の顔を覗《のぞ》き込みながら新が言う。

「大丈夫……ちょっと考え事してたら、頭が痛くなってきて……」

そう言う私のおでこに……新は手のひらを当てた。

「え、あ、新!?」

「大変だ、熱があるよ！」

「熱……？」

自分のおでこの温度と比べながら、新は険しい顔で言った。

「無理してたんじゃないの？　LHRの時もなんか変だったし……」

「あ……」

（心配、してくれてたんだ……）

「今日の委員会は俺が出とくから帰って休むこと！　いいね？」

「迷惑かけちゃう……」

「大丈夫だよ」

「でも……」

「――最初の頃、俺の方がいっぱい迷惑かけたんだから、たまには俺のことも頼ってよ」

頼りないかもしれないけどさ、なんて言いながら新は笑う。

「新……」

「とにかく！　今日はゆっくり休んで、委員会のことはまた明日話そう？」

「……うん」

「あー……それか……」

「うん？」

なんだか言いにくそうに新は言葉を濁す。

「新……？」

「その……そんなに、委員会のこと気になるなら――メールアドレス！　教えてくれたら、今日の委員会が終わった後メールで伝えるよ！」

「へ？」

思いもよらなかった言葉に、間抜けな声が出てしまった。

「や、ごめん！　嫌ならいいんだ！　変なこと言ってゴメン！」

「――あ、そっか。新のメールアドレス、知らなかったんだ」

「え？」

「え？」

同じく新も間の抜けた声を出すと……。

「だあああ！　嫌がられたのかと思って焦った！」

なんて言いながら、机の前にしゃがみ込んでしまった。

「ご、ごめんね！　メールアドレス交換してないこと忘れてて……」

我ながらおかしなことを言っている自覚はある。けれど、新はそれすら熱のせいだと思ってくれたらしく心配そうに私を見る。

「本当に大丈夫？　先生に家まで送ってもらった方がいいんじゃない？」

「だ、大丈夫。心配かけてゴメンね！　えっと、メールアドレスだよね」

慌てて携帯電話を取り出すと、新が小さく呟《つぶや》いた。

「ストラップ……」

「あ……」

「つけてくれたんだ……。その、ありがとう」

「ありがとうは私の方だよ！　とっても嬉《うれ》しかった！　ありがとう」

照れくささを誤魔化しながら笑って新の方を見ると、同じように照れた顔の新がいた。

家に帰ってきてベッドに横になると思った以上の倦怠《けんたい》感が身体《からだ》を襲う。そして——そのまま私は、新からの連絡を待つことなく眠りに落ちてしまった。

だからこの日の夜、新から連絡が来なかったことを私が知るのは翌朝、目が覚めて日記を読んでからだった。

◆◆◆

4月17日

今日は春のオリエンテーションのグループ分けと班ごとの係を決めた。

俺たちの班は旭と奏多と深雪と、あと旭の友達の辻谷さん。

奏多が辻谷さんのことをさらりと陽菜ちゃん、なんて呼んでて……あいつの対人スキル、俺には真似《まね》できない……。


俺と旭は委員の仕事で忙しいから班長は奏多に押しつけといた。

たまにはあいつも動けばいいんだ！


そういえば……、旭の携帯にストラップがついていた。

どうしよう、すっごく嬉しい。めっちゃ嬉しい！

――やっぱり俺、旭が好きなのかもしれない……。

多分旭も俺のこと嫌ってはない、と思う。

ストラップをつけてくれてるぐらいだし。


でも、俺なんかが好きになって本当にいいのかな……。

今日だってこうやって発作を起こしてまた倒れて病院に逆戻りだ。

メール送るって言ったのに、病院だからそれもできない。

俺なんかが誰かを好きになって、本当にいいのかな。
どうせ、そのうち
死んでしまうのに

目を開けるとそこは、今の私の部屋だった。

「しまった……」

私は、新からの連絡を待たずに眠ってしまったことに気付いた。せっかく新が連絡をくれると言っていたのに……。

(新からの初メールだったのになぁ……)

あの頃過ごした過去での初メールはなんだったっけ？　そんなことを考えながら、勉強机の上に置いたままの日記帳を見る。

(そうだ！　メールのこと何か書いてないかな？)

眠る前に見た日記には特に何も書かれていなかったけれど……もしかしたら、と思い私は日記帳を開ける。

――そこに書かれている文章が、どんなふうに変わっているかも知らずに。

「どうして、こんなことに……！」

眠る前の日記にはなかった六行から目が離せない。

「だって、普通に元気だったのに……。メールするね！　って言ってたのに……」

何度見ても最後に見た新の姿と日記の文章が結びつかない。

「なんで……!?　なんで!?」

わけがわからなかった。

でも、書かれている文章は確かに新のもので。変わる前の過去にはなかった、出来事で。

（そうだよ……陽菜とのことだって……）

過去を変えるということはいいことだけではないとあの時知ったはずだ。

でも……！

（こんな……こんなことって……！）

病院に逆戻りだって書いてあった。

（倒れて運ばれた？　いつ？　私が帰った後？　どうして……どうして……どうして！）

疑問はたくさんあった。けれど、その問いには誰も答えてくれない。

誰も——。

「どうしたら、いいの……」

こんなことなら、あの時無理にでも残ればよかった。新一人に押しつけるんじゃなかった。本当はしんどかったのに……私を心配して自分の身体を後回しにしちゃったの……？

ねえ。どうして……。

「……そうだ！」

机の上の日記帳を、もう一度見つめる。

「そうだよ！　なんで気付かなかったんだろう！」

新の、あの日の日記を。

変わってしまった四月十七日の日記を——。

「変わってしまったのなら、もう一度変えればいいんだ」

新の日記帳を抱きしめて私はもう一度ベッドに横たわった。

「新、待っててね」

そして、もう一度あの日に戻るために——夢の世界へと旅立った。

◆◆◆

「んっ……」

気が付くと私は目を開けていた。

「うん、戻ってきてる」

そう呟く。

「あ……」

小さく声を出し、枕元にある携帯電話を取る。

「新……。私……」

昨日の夢の中と同じ行動を繰り返す。──全く同じ行動を。

私であるはずなのに、どこか遠くで起きている出来事を見ているだけのような、不思議な感覚だった。

──それは学校に着いてからも続いた。

陽菜と話をしている時、グループを作っている時、新と会話をしている時……。

どうしてだろう、私のはずなのに私じゃないみたい。

(あっ)

そして、その時はやってきた。

「とにかく！　今日はゆっくり休んで、委員会のことはまた明日話そう？」

(ここだ！　ここで私は……)

「……うん」

(違う！　大丈夫だよ、私も残るよって新に……！)

叫んでいるのに私はどんどん会話を進めていく。

（どうして!?　なんで!?）

まるで予定調和のように話が進んでいく。

そうなることが決まっているかのように。

──ただ、夢を見ているかのように。

（夢……？）

そうだ、夢を見ている時に似ている。

自分じゃあこうしたいと思っても、夢の中の自分は物語が決まっているかのように話を進めていく。

（じゃあ、これは……）

新と別れて夢の中の私が家へと帰っていく。

新のそばにいたいのに。新から離れたくないのに。

（新っ……！）

どんなに叫んでみても音にはならず──誰にも気づかれることは、なかった。

そして夢の中の私はベッドに横になると、そのまま眠りに落ちた。

私の意識もまた──元の世界へと、引き戻されていった。

◆◆◆

――ブーッブブ――

「っ！」

携帯の振動音で目が覚めた。

そこは、二度目の眠りについてからたった数十分しか経《た》っていない今の私の部屋だった。

「どうして……」

ベッドから起き上がって日記帳を見てみるが、さっきと何も変わってはいない。

全く同じ文章がそこにはあった。

「昨日は戻れたのに……」

涙がポトリと日記帳に落ちる。

「昨日は、変えられたのに……」

今までこんなことはなかった。何度か過去へと行ったが、その中で私は三年前の私だった。少なくともあんなふうに、見ているだけなんてことはなかった。

「どうして……どうして……」

なぜ変えられなかったのだろう。何がいけなかったのだろう。

けれど……何度考えても、答えは出ない。

「旭ちゃーん！　早く起きないと遅刻するわよー！」

一階から母の声が聞こえてくる。

時計を見ると、家を出る時間をとっくに過ぎていた。

「……今日具合悪いから休む！」

大きな声でそう言い返すと、ブツブツ言ってる声が聞こえたけれど聞こえないふりをした。学校なんて行ってる場合じゃないんだ——。

「もう一度、もう一度……」

私は四月十七日の日記をもう一度、丁寧に最初から最後まで読むとベッドに横になった。

「今度こそ……上手《うま》くいきますように」

手に持った日記帳をギュッと抱きしめながら、私は再び、眠りに落ちた。


「——また、ダメだった……」

これで何度目だろう。

何度も何度も——目覚めては日記を読み、眠りについた。けれどそのたびに、昨日の夢の中での光景をただ繰り返すだけだった。

「どうして……」

昨日までと何が違うのかわからない。いつもと同じように新の日記を読んで眠りについたのに……。

「もう一度……」

私は再び日記帳のページを開く――。

「あっ……」

何度もめくったことにより摩擦で滑りやすくなってしまった紙は、目的のページではなく……その次の日を開いていた。

「四月……十八日」

見てはいけない。

私が戻りたいのは十七日なんだから。

――そう思いながらも、目は紙の上の文字を追ってしまう。

4月18日

昼過ぎに病院から戻ってきた。

この間はいい結果に驚いていた先生が、今回は悪い結果に驚いていた。

なんで俺の心臓はこんなにポンコツなんだろ。

今日も委員の仕事は旭が、グループの方は奏多たちが上手くやってくれたみたいだ。

俺なんて、いらないんじゃないのかな。


結局旭にメールも送れていない。

こんな状態で、何を送ればいいかわからない。


自分の存在価値がわからないよ。


「新……」

何度も書いては消したのだろうか。そのページには、黒ずんだ鉛筆の跡があちこちに残されていた。

「あら、た……」

こぼれ落ちた涙で文字が滲《にじ》む。

何もできない自分がもどかしい。

「新っ……！」

涙が止まらない。とめどなく溢《あふ》れ出てくる涙を止める方法を──私は知らない。

……泣き続けたせいだろうか。だんだんと瞼《まぶた》が……そして身体《からだ》が重くなっていくのを、感じた……。

◆◆◆

「んっ……」

いつの間にか眠っていたようで、私は目を擦ると身体を起こした。

「泣き疲れて寝ちゃうなんて……子どもみたい」

自嘲気味に笑った私は、ベッドから立ち上がった。

（ベッドから……？）

自分の行動に違和感を覚える。

目が覚めて、身体を起こして、ベッドから立ち上がる。

──普通の行動だ。

でも、何かがおかしい……。何かが……。

「あっ！」

立ち上がった私は制服を着ていた。

中学生の頃の、あの制服を。

「戻って……きてる……？」

言葉を口に出すと、私が私として声を出した。それは……私が過去の私としてここに存在していることを、教えてくれる。

「よかった……！　よかった……！」

思わず飛び跳ねる私の手の中で、携帯電話のアラームが鳴り響く。

「びっ……くりした。目覚ましか……」

慌ててポケットから携帯電話を取り出し画面を開くと、そこには『四月十八日』と書かれていた。

「新の、日記の日付だ……」

（結局十七日に戻ることはできなかったんだ……）

どうして十七日に戻れなかったのかはわからない。わからないけれど、今は――この世界に戻ってこられたことが、嬉《うれ》しかった。

いつものように登校して授業を受ける。そして軽快な音を立てて、午前の授業が終わるチャイムが鳴り響いた。

（確か日記には昼過ぎには帰ってきたって書いてたよね）

日記に書かれていたことを思い出しながら私は携帯を取り出した。

【旭です。具合大丈夫？】

書きたいことはいろいろあったけれど、あまり長々と書きすぎるのも……と思い短めにしてみた。

返事は——来ない。

（スマホみたいに既読がわかればいいんだけど……メールって不便だよね）

そう思っていると、携帯が震えた。

【迷惑かけて、ごめん。俺は大丈夫。ホントごめんね】

【謝らないで。私こそ昨日はゴメンね】

【なんで旭が謝るの。その後具合はどう？】

【新のおかげですっかり元気だよ。でも、そのせいで新が無理したんじゃないかって気になって……】

【そんなんじゃないから大丈夫。気にしないで。学校の方は大丈夫？】

【オリエンテーションについてはグループで話してもらってるし、委員の仕事は今日はあんまりないからとりあえず大丈夫だよ】

——メールでのやり取りは時間がかかる。気が付けば、昼休みは終わりを迎えていた。

「授業始めるぞー」

教室に田畑先生が入ってくるのと同時に、携帯が震えた。

【俺がいなくても大丈夫そうで安心した】

「っ……！」

そんなこと、言わせたいわけじゃなかったのに……。ただ、安心してほしかっただけなのに……。

黒板に何かを書き始める先生に気付かれないように、私は新にメールを送った。

【でも、新がいないと寂しいよ】

——しばらく待ってみたが新からの返信は来ない。

私は携帯電話を閉じると、ポケットの中にしまった。

授業が終わっても新からの返信は来なかった。

家に帰ってからも、携帯を開いては何度も何度も問い合わせボタンを押すけれど【新着メールはありません】と表示される。

「新……」

私は何かを変えることができたんだろうか。戻ってきた意味はあったのだろうか。

そんな疑問が頭をよぎる。

「明日は、会えるかな……」

返事の来ない携帯を見つめながら、私は目を閉じた。

◆◆◆

4月18日

昼過ぎに病院から戻ってきた。
この間はいい結果に驚いていた先生が、今回は悪い結果に驚いていた。
なんで俺の心臓はこんなにポンコツなんだろ。
でも、いいことが一つだけあった。
旭から、メールが来た。
嬉しかった。すごく、すごく嬉しかった。
心配してくれてた。
寂しい、って言ってくれた。
俺、やっぱり、旭が好きだ。大好きだ！

こんな俺だけど好きでいてもいいかな……。

好きでいるだけ、それだけだから。


明日は学校で旭に会えるといいな。


気が付くと正午をとっくに過ぎていた。ベッドの上――ではなく、机の上に置いた日記帳に覆いかぶさるように眠っていたみたいで……あちこちに涙の乾いたような跡があった。

「あ……」

そして私の目に飛び込んできたのは――少しだけ内容の変わった、新の日記だった。

「よかった……」

私の送ったメールで、自分のことを必要とされてるって、ほんの少しでもそう思ってくれてよかった。

「もう二度と……俺なんていらないなんて、言わせないから……」

ギュッと日記帳を抱きしめると、もう届くことのない言葉をそっと呟《つぶや》いた。

日記帳を閉じてそっと引き出しにしまうと、部屋にスマホのバイブ音が鳴り響いた。

「っ……ビ、ビックリした」

（そういえば朝も誰かから連絡が来てた気が……）

そう思いながらスマホを確認すると、そこには深雪の名前が表示されていた。

「もしも……」

「やっと繋《つな》がったあああ！」

まるでスピーカーにしたかのような音量で、深雪の声が聞こえてくる。

「み、深雪？　どうし――」

「あんたね！　休むにしても一言ぐらい連絡返してよ！　心配するじゃない！」

「ご、ごめん……その――寝てた」

私の言葉に呆《あき》れたのか電話の向こうから深雪の大きなため息が聞こえる。

「まあ、具合悪いから休んでるわけだし……心配しすぎかなっとは思ったんだけど、その――夢の件もあるから、何かあったんじゃないかと思ってね」

「ありがとう……」

「別に……勝手に心配してただけだから気にしないで」

「深雪……」

「あっ先生来ちゃった。あのね、メッセージ送ってあるから確認しといて！　じゃ！」

そう言うと、深雪は私の返事を聞くことなく電話を切ってしまった。

「心配かけちゃったな……」

通話が終わり画面が待ち受けに戻ると、いくつかのメッセージが届いていてそのほとんどが深雪からだった。

【今日って休み？】

【おーい！　大丈夫ー？】

【あのね、日記帳の件で話したいことがあったの】

【奏多のこと覚えてる？　中学の頃仲よかったでしょ？　あいつなら新の日記帳のこと何か知ってるかなって思って昨日連絡してみたんだ】

【気になることがあるから今度会いたいって言ってたよ】

【なんのことかわかる？】

【旭、ホントに大丈夫？】

【倒れてたりしない？】

【あーさーひー！】

そしてさっきの電話に繋がるようで、メッセージはここで終わっていた。

「──あれ？」

深雪や他のクラスメイトからのメッセージを読み終えたはずの画面には、まだ未読が一件あることを示すマークがついていた。そこに表示されていた『堂浦《どううら》奏多』という名前。

「これって……奏多？」

今の私は奏多と連絡先を交換していないけれど、変わった過去の私ならもしかして。

名前をタップしてみると……そこに表示されていたのは、予想もしなかった内容だった。

【深雪から連絡が来ました。──もしかして新の日記帳、持ってたりする？】

「なんで……」

思いもよらない文章に動揺する気持ちを抑えて、私はなんでもないふりをしてメッセージを入力した。

【久しぶり。新の日記帳なら、新のお母さんからもらったよ。どうして？】

しばらくすると私の送ったメッセージに既読の文字がついた。そして……奏多から、返事が届いた。

【やっぱり。あのさ、今日どこかで会えないかな。──新の日記帳のことで、話したいことがあるんだ】

「久しぶり」

学校が終わる頃、私は家を抜け出して近くの公園に来ていた。

「あ……うん、久しぶりだね」

そこには……夢の中で見た中学三年生の頃よりも、成長した奏多の姿があった。

「といっても……新の葬式以来、かな」

「あ……そう、だよね。そう……。ごめんね、私あの時周り全然見てなくて……誰が来ていたとか覚えてないんだ……」

──あの日のことを思い出すだけで、まだ胸が締めつけられるように苦しくなる。

ずっと傍《そば》にいてくれた深雪と……少しだけ話をした新のお母さん以外の人のことは、おぼろげにしか覚えていなかった。

「それもそうか……。それにあの日は、それどころじゃなかったしね……」

「うん……」

言葉に詰まっていると、奏多が口を開いた。

「──あの、さ」

「え？」

「変なこと聞くんだけど……」

「うん……」

奏多は小さく息を吐くと……私の目をじっと見つめた。

そして──。

「君は、竹中さん？　それとも……旭？」

「っ……!?」

一瞬、言われた意味がわからなかった。

「どう、いう……」

「ねえ、君は新の日記帳でいったい何をしているの？」

奏多の言葉に、思わず後ずさる。この人は――。

「あなたは……何を知ってるの？」

「俺の質問に答えて」

一歩また一歩と私に近づくと、奏多は私の腕を摑《つか》んだ。

「ねえ――君は、だれ？」

「……私、は」

「ごめん、遅くなっちゃたー！　って、何やってんの奏多！」

緊迫した空気を壊したのは……深雪の明るい声、だった。

「別に。何もしてないよ」

パッと手を離すと、奏多は言った。

「ならいいけど……」

「…………」

「…………」

「どうしたの、二人とも。なんか変よ?」

お互いに目を合わさず、何も話さない。そんな私たちを見て深雪が心配そうな表情を浮かべる。

「――深雪は、何か知ってる?」

「え……?」

「今、何が起きているのか」

奏多の問いかけに、意味がわからない――と言いながら深雪は私と奏多の顔を交互に見比べていた。

「俺の記憶が確かなら、数日前まで俺のアドレス帳には確かに竹中旭の名前はなかった。なのに、今はなぜかある」

「………」

「陽菜は俺の記憶にはない俺たちの思い出を、突然話し始めた」

「記憶に、ない――?」

奏多の言葉に、思わず声を上げた。記憶にない――それは、つまり……。

「そして、俺の日記帳の中の過去は……同じようでところどころ違う内容に変わってた」

「なっ……!」

「これは、君の仕業なのか?」

再び距離を縮める奏多。無意識のうちに、私は後ろに下がってしまう。

「君が、新の日記帳を使って過去を変えているんじゃないのか？」

「どうして、それを……」

「やっぱり」

奏多が小さな声で呟いた。そうでなければいいと思っていたのに、と。

「あなたはいったい何を知っているの……？」

「……………」

「答えて！」

奏多は何も言わない。その代わり、私を見ると苦しそうな声で言った。

「悪いことは言わない。もう、過去を変えるなんてことはやめるんだ」

「どうして……」

「変えても何も変わらないからだ」

「そんなのわからないじゃない！」

「わかるんだよ！」

大きな声を出す奏多に、深雪が驚いた顔をする。

ごめん、と小さく言うと奏多は悲しげな表情で呟《つぶや》いた。

「だけどわかるんだよ」

「どういう……」

「少しは変わるかもしれない。でも……」

「でも……？」

唇をギュッと嚙《か》みしめると、奏多は目を伏せた。

「──それでも、あいつは死ぬんだ」

「……っ！」

「それは、変わらない。……変えられない。それでも君は、過去を変え続けるの？」

「私、は……」

私は言葉に詰まる。

『それでも、あいつは死ぬ』

その衝撃的な言葉が、胸に突き刺さる。

「……あいつは自分が苦しむところを君に見せたくなかったからあの時、別れを選んだんだ」

「え……」

「好きな子に、自分が死んでいくところを見せたくなかったから……」

「……っ」

目の前の、奏多の肩が震えているのが見える。

私は……私は……。

「だからこのまま……」

「──私の気持ちは？」

「なに……？」

「私の気持ちはどうなるの？　私だって……私だって！　好きな人を一人で苦しめたりしたくなかった！　知っていたら、傍に！　傍にいたかったよ！　それがどんなに苦しくても！　どんなに辛《つら》くても！」

そこまで叫ぶと、深雪が泣いているのが見えた。私の瞳からも涙がこぼれた。

「私だって……新のこと、本当に好きだったんだよ」

溢《あふ》れ出した涙は、止まることなく流れ続ける。

「その選択を、新が望んでいなかったとしても……？」

「それでも……」

「その選択のせいで──新の最期を、見ることになったとしても？」

奏多の言葉に、まっすぐ前を見据えて頷《うなず》いた。

「……それでも、私は新と過ごした過去を、悲しいだけのものにしておきたくない」

「………」

「この三年間、ずっとずっと新と過ごした日々を忘れようとしてきた。でも！　忘れられなかった！　思い出すたび辛かった！　苦しかった！　でもっ！　本当に辛かったのは好きな人との思い出が、悲しいだけのものになったことだよ……」

大切な、大切な思い出だったのに、全部辛くて悲しいだけのものになっていた。

同じ道を通る時、一緒に行ったお店に入った時、二人で聞いた音楽が流れてきた時……いつもいつも悲しくて……苦しくて……忘れようとしていた。

新と過ごした、大切な大切な時間を。

「……ごめん」

「え……？」

絞り出すような声で、奏多は言った。

「あの時、あいつも苦しんで結論を出した。それが間違っていたとは思わない。でもだからといって、今の君がしていることが悪いわけじゃないんだ。それが君の想《おも》いなんだから……」

奏多の目が、まっすぐに私を見つめる。

「辛い思いをすると思う。それでも、いいんだね？」

「それでも私は、新の傍にいたい」

「わかった。……ひどいこと言って、ごめんね——旭」

「ううん、大丈夫。ありがとう奏多」

涙を拭うとそこには、辛そうな顔をして笑う奏多の姿があった。

◇◇◇

旭たちがいなくなった後の公園で、奏多は一人立ち尽くす。

「新、ごめんな。俺には止められなかったよ。こうなること、お前はわかってたのか……？　わかってて――」

奏多は一人空を見上げる。

「……じいちゃん、なんでこんな日記帳、俺らにくれたんだよ」

月を見上げて奏多は呟いたが、その問いに答える者はいない。

「答えは二人にしかわかんない、か」

先に逝った大切な二人を想いながら、奏多は自宅へと続く道を歩き始めた。

そんな奏多の姿を――月が優しく照らしていた。

◇◇◇

「奏多は何を知ってるんだろう……」

ベッドの上で新の日記帳を膝に乗せながら、私は一人呟いた。

奏多に聞きたいことはたくさんあったのに私が家を抜け出したことに気付いた母から届いた怒りの連絡により、その場は解散となった。

「――また日を改めて話そう」

そう言う奏多の言葉を信じて。

「でも、何がわかったとしても私は……」

私の言葉を遮るかのように、スマホが震えた。

「っと！　奏多だ」

メッセージが届いたことを知らせるバイブの音が聞こえてスマホを見ると、そこには奏多の名前が表示されていた。

【日記帳について
1．日記帳の内容を夢で見ることができる
2．夢の中での行動によっては過去が変わる
3．一度変えた過去をもう一度変えることはできない
4．二冊（俺と新）の日記帳の持ち主の記憶は変わらない
5．持ち主以外の人物は、変わってしまった過去の記憶が残らない

6. 新の日記帳は過去を変えられるが、俺のは変えられない
7. 日記の中身を書き写したりコピーしたりしておいても、日記帳の内容が変わるとそちらも変わる
かつて俺らが、この日記帳について調べてわかったのはこんな感じ】

私が知っていることもあれば知らないこともあった。

【ありがとう。4と5についてだけど私の記憶があるのはどうしてだろ？】

【うーん、単純に考えれば所有権が移転したのかなって思うんだよね】

【所有権が？】

——どういうことだろう？

【多分新が最期に、日記帳を旭に渡してくれって新のおばちゃんに言ったんじゃないかな。だからおばちゃんには所有権が移らず旭に移った】

「そっか、だから……」

新のお母さんはこの日記を読んだと言っていた。けれど、それ以上のことは何も言っていなかった。でも、奏多の言う日記帳のルールが正しいとすれば、新が死んでこの日記を読んだ時に、新のお母さんは夢で過去をやり直していなければいけないはずだ。もしそうなっていたら——私は夢の中で再び新に会うことはできていなかった。今も私

が夢の中で過去を繰り返しているということが、所有権が移転しているという何よりの証拠だと奏多は言う。

【そう、だね……。あと3についてなんだけど】

【旭は過去が変わった後のページをもう一度読んだことってある？】

「……っ」

まるで、私がしたことを知っているかのような奏多の言葉に、心臓が跳ね上がる。

【どうして……？】

【過去が変わってることを日記帳で確認すると思うんだけど、その後でさらにもう一度そのページを読むと、夢の中でまるで映画を見ているみたいに、同じ映像が目の前で繰り広げられるんだ】

「あ……」

だから、あの時——。

どんなに抗《あらが》おうとしても抗えなかった、あの夢の中での出来事を思い出す。

映画が上映されているかのように、私の意志では何一つ違う言葉を発することのできなかった、あの夢の中での出来事を。

【いい内容ならいいんだ、でも、もう一度読もうとするってことは、きっとその過去に納得していないってことだから。辛い内容をもう一度見続けなければいけない。最後まで】

【そう、なんだ……】

【だから、旭。もしもう一度やり直したいと思っても、決して読み直しちゃいけないよ】

まさに私がしたことだった。日記帳を読んで変わっている過去を確認した。その後、もう一度過去を変えようと日記を読み直して、それで……。

【旭　どうかした？】

【大丈夫？】

応答のない私を心配したのか、続けて奏多からメッセージが届く。

【あ、うん。大丈夫だよ】

【よかった。……これ以外に何かわかったことってある？】

「うーん……」

何かあっただろうか。……そういえば。

【連続した日付の日記を続けて読むと、夢の中でも続けてその日数を過ごしたよ】

【そっか。俺らの時は一週間っていう短い日数だったから、それは知らなかったな】

【俺たちの時って、何があったの？】

テンポよく返ってきていたメッセージが、止まる。

──少しの間をおいて、奏多からの返信は届いた。

【それは、また会った時にでも話すよ】

おやすみなさい、というスタンプが届き、それ以上聞くことはできなかった。
いったい奏多は何を知っているのか——疑問に思いながらも、私は今日も新の日記帳を開いた。

4月19日

午後からになったけど学校に行くことができた。
LHRはオリエンテーションについてだった。
旭が楽しそうに笑ってたから俺も楽しみだ!
……でも、どうしても不安がつきまとう。
俺は本当に参加できるんだろうか。
きっとこれからどんどん参加できるイベントは減っていくと思う。
だからお願いです。
どうか、オリエンテーションだけは参加できますように。

──少しぐらい、好きな女の子と一緒の思い出が、欲しいです。

「新……」

切ない。

苦しい。

どうしてこんなふうに新が苦しまなければいけないんだろう。

どうして……。

「何か私にできることはないのかな……」

小さく呟《つぶや》くと、日記帳を閉じて部屋の明かりを消した。

──そして私は、彼に会うために夢の世界へと旅立った。

◆◆◆

目を開けると辺りを見回す。……こちらの世界で目覚めるのにも、慣れてきた気がする。

パジャマを脱いで中学の制服を身に纏《まと》い、私は学校に行く準備をして家を出た。

教室に着くと日記に書いてあった通り、新の姿はそこにはなかった。

「おはよー、陽菜。……どうしたの？」

席に向かうと——頭を抱えた陽菜の姿があった。

「旭……。私、ダメかもしれない」

「えっ、な、何があったの⁉」

深刻な雰囲気で話し始める陽菜に思わず詰め寄ると、陽菜は顔を上げた。

「昨日一日頑張ったんだけど……」

「うん……」

「奏多君といるとドキドキしすぎて、オリエンテーションまで心臓もたない！」

「…………」

「どうしたらいいかな⁉ もうホントなんで私が副班長なの⁉ でもでも、深雪ちゃんが副班長になって奏多君の傍《そば》にいるのも、絶対ヤキモチ妬《や》いちゃうし……！」

陽菜の奏多や深雪への呼び方が砕けたものになっているのに気付いて、上手《うま》く班に馴染《なじ》めた様子にホッとする。

（本人はそれどころじゃないみたいだけど……）

赤くなったり青くなったりしている陽菜を見ていると、こんなふうに純粋に好きでいられることを羨ましく思う。

（私もあの頃は……）

中学時代、今の陽菜と同じようにただ純粋に新が好きで、そんな新の全てにドキドキしていた頃を思い出す。

少しずつ新に惹《ひ》かれていって、大好きになって、大切になって。

（新に告白された時は、涙が出るぐらい嬉《うれ》しかったなぁ）

忘れようと封印していた思い出が、どんどんどんどん溢《あふ》れ出してくる。

（――今度こそ、悲しい思い出にしないためにも）

新との思い出を、大切な思い出を、辛《つら》くて苦しいだけのものにしないために私は、過去を変えるんだ。

その先に、待ち構えているのが――それがどんなに辛い現実だったとしても。

――新が来るまで、あと少し。

私は午前の授業中、これからどうすればいいのかずっと考えていた。

（本来なら新から告白されるのはもう少し先、なんだよね）

それは五月末にある球技大会の日のことだった。恥ずかしくて、ビックリして、ドキドキして、泣きそうになって……。

私も好きだったからとても嬉しかったのを、昨日のことのように思い出せる。

（でも、それじゃあダメなんだ……）

前と同じことを繰り返すのでは意味がない。それでは、何も変わらない。

（じゃあ、どうすれば……）

どうすれば距離が縮まるのか、どうすればもっと新との関係を深めることができるのか。

私はそればかり考えていた。


「──おはよ！」

「っ……あら、た？」

「ん？」

──気が付くと、目の前には新が立っていた。

「え、な、なんで？　あれ？」

「旭、大丈夫？　もしかして目、開けたまま寝てた？」

周りを見回すとすでに四時間目の授業は終わっていて、クラスメイトたちは昼食の準備をしている。

「寝、てた……かも？」

「あはは、なんだそれ」

笑いながら新は自分の席へと向かう。

「おー！　新、遅かったな！」

「寝坊しちゃってさー」

クラスの男子と笑い合っている声が聞こえてくる。

（寝坊って……。本当は具合が悪かったはずなのに）

あの頃は気付かなかった新の嘘《うそ》が、今は凄《すご》く気になってしまう。

「ねーねー旭」

「んー？」

そんなことを考えていると、陽菜が私の背中越しに声をかけてきた。

「あのさ、新君。教室に入ってきて真っ先に旭のところに来たね」

「え……？」

「新君の席、こっちじゃないのにね。もしかして新君……」

振り返ると興奮を抑えられない様子の陽菜の顔があった。

「旭のこと、好きなのかな」

実はそうなんだ！　なんて、冗談でも言えない。

――言えない代わりに私は、困ったように笑うことしかできなかった。

「そう、かな？　そうだといいなー……」

「きっとそうだよ！　ね、旭は新君に告白とかしないの？」

「こくはっ……え、えええ!?」

思わず大きな声を上げた私の口を、慌てて陽菜が手のひらで押さえる。

「ちょ、旭！　声が大きい！」

「ごめん……」

思いもつかなかったことを言われ、動揺を隠せなかった。

私から、告白……。

「そりゃ相手から言ってくれるなら、それが一番嬉しいけどね！　でも、待ってるばかりなんて嫌じゃない。せっかく好きになったんだから気持ち伝えたいじゃん！」

「陽菜……」

「なんて……旭と違って、私は全然脈なさそうなんだけどね」

悲しげに言う陽菜に、なんて言葉を返していいのかわからない。私の知る限り、中学三年の頃の陽菜と奏多が付き合うことは、ない……。

あれ、でも……じゃあなぜあの時、奏多は陽菜のことを……。

「旭？」

「あ、ごめん」

「まあ、私のことは置いといて。告白はしないにしても、もう少し仲良くなりたいって思わない？」

「それは、思うけど……でも」

「でも？」

陽菜の勢いに圧倒されながらも、先程から悩んでいたことを伝える。

「どうやったら距離を縮められるか、わかんなくて……」

できることなら私だって新との距離を縮めたい。新があの頃の私に言えなかったことを言える、そんな関係になりたい。でも、どうしたらいいのか、わからない。

「うーん……。旭はさ、新君ともっと仲良くなりたいんだよね？」

「うん……」

「好きな人との関係を変えたいなら自分から動くことだって必要なんだよ。待ってるだけじゃ、何も変わらないんだから」

「——ありがとう、陽菜」

微笑《ほほえ》む陽菜を見ながら私は考える。

(告白……私から……)

当時の私ならできなかったかもしれない。

だけど……。

(過去を繰り返すだけじゃ、意味がない。意味が、ないんだ……)

——授業が終わり、下校時刻になった。

みんなが帰っていく中で私は、陽菜と話していた内容について考え続けていた。

(少しでも早く関係を変えることで何かが変わる……？　本当に……？　でも、同じことを繰り返すよりは……)

いくら考えても、答えが出ない。

だって……だって……。

(そ……っか。答えを私は、知らない。知らないんだ……)

当たり前のことなのに、そんな当たり前のことにも気付かなかった。ここは確かに過去だけど、もうすでに私が過ごしていた過去じゃない。私が過去を変えることで、少しずつ人の関係も気持ちも変わってきている。

(ここは過去だけど、今でもあるんだ……)

「あーさひ？」

私を呼ぶ声が聞こえて顔を上げると、そこには新の姿があった。

「また目、開けたまま寝てたの？」

笑う新を見上げると、胸がキューッとなる。

「ね、一緒に帰らない？」

微笑みかける新に頷《うなず》くと、私たちは教室を後にした。

「――でさ！」

校舎を出て校門までの道のりを二人で並んで歩く。こっそりと隣を見ると、新が笑いながら喋《しゃべ》っていた。

笑う新の横顔が好きだ。

八重歯の見える、少し幼さの残る笑顔も好きだ。

高いようで低い、新の話す声が好きだ。

新が……。

「――好き」

「……え？」

「あっ……！」

思わず声に出してしまっていた。

「旭……今……」

戸惑ったような新の声が聞こえる。

覚悟を決めて、私はぎゅっと目を閉じた。そして――。

「……私は、新が……好きです」

新だけに聞こえるぐらいの声で、気持ちを伝えた。

新は喜んでくれるだろうか。どんなを顔してるのだろうか。

照れてる？　恥ずかしがってる？　それとも――。

(え……)

隣に並ぶ新を見上げると……泣きそうな、悲しそうな顔が見えた。

(あら、た……?)

「旭」

「……っ」

聞かなくても次の言葉がわかってしまった。

「ごめん」

「あら……」

「俺、旭のことそんなふうに見たことなくて……。何か誤解させたなら……ごめん!」

そう言うと、新は私の前から走り去っていった。

残された私は、その場に立ち尽くすことしかできなかった。

◆◆◆

「戻って、きてる……」

——目を開けると私は、自分の部屋のベッドの上にいた。

あの後、どうにか家に帰った私は、泣き疲れて——いつの間にか眠ってしまったようだった。

身体《からだ》を起こすと、瞳に溜《た》まっていた涙がこぼれ落ちる。

「そっか……私、新に……フラれたんだ……」

思い出すだけでまた涙が溢《あふ》れてくる。泣いても泣いても泣いても涙が止まることはない。

「どうして……」

こんな過去を、私は知らない。

何がいけなかったんだろう。

過去を変えようとしたのが間違いだったのか。

新が告白してくれるまで待てばよかったのか……。

どうして……どうして……どうして……。

……いくら考えても、答えは出なかった。

（あ……）

指先に何かが触れる。

そこには……新の日記帳があった。

（……怖い）

中を見るのが、怖い。

新の言葉で、もう一度拒絶されるかと思うと——どうしても私は、日記帳を開くことができなかった。

──その代わり。

【昨日の話の続きを聞きたいんだけど、いつなら会えるかな？】

奏多に一通のメッセージを送った。

そして私は、重い頭と身体を持ち上げると……私の日常を過ごすために、学校へ向から準備を始めた。


返信が来たのは、学校に着いて授業の準備をしている時だった。

【今日なら大丈夫だよ】

今日……。

奏多からの連絡を確認して、私は深雪の席へと向かった。

「ねえ、深雪」

「ん？」

「今日って暇かな？」

「あー、ゴメン。今日は部活があるんだ」

「そっか……」

私の顔を見上げた深雪は、何か察したかのように心配そうな視線を向ける。

「なんかあった？」

「ううん、大丈夫だよ。ゴメンね」

大丈夫なの？　と言う深雪に、なんでもないように笑ってみせたけど今日話すであろう内容を考えると、本当はほんの少しだけホッとした。

——昨日の夢の中での出来事を深雪の前で話したら、私はきっと泣いてしまうから。

【放課後、昨日の公園で待ってる】

奏多にメッセージを返すと、私はスマホのディスプレイをオフにした。

「あ……」

「こっちだよ」

放課後、公園に着くともうすでに奏多は来ていて……滑り台の上に立っていた。

「何やってんの……？」

「……ここ、昔よく新と来てたんだよね」

かつて通っていた中学校の近くにある小さな公園は、私の通っていた小学校からは校区外だったけど、新や奏多の通う小学校の子供たちはみんなここで遊んでいたらしい。

「懐かしいなーなんて思ってね」

そう言いながら滑り降りてきた奏多は、少し寂しそうな顔をしていた。

「かな……」

「はい、これ」

「え……？」

カバンから取り出したのは一冊の日記帳だった。

「これは……？」

「これは、俺の日記帳。旭が持っている新の日記帳と対になるもの」

そう言うと奏多は日記帳を開く。

「四月……八日？」

「そう。新と一緒にこの日から書き始めたんだ。……正確には、新が書くって言ったから俺も書き始めたんだけどね」

「どうして……」

「俺の日記帳は、新の日記帳と対になってるって言ったよね」

「うん」

対、とはどういうことだろう。装丁を見る限り、同じ日記帳のように見えるけれど……。

「俺の日記帳では過去を変えることはできない。けど、変わる前の過去、変わった過去どちらも記してくれるんだ」

黙ったままの私に、奏多は話を続ける。

「変わってしまう前の記憶が、なかったことにならないために。──変えてしまった本人が困らないために。だから、この日記帳の持ち主の記憶も上書きされないんだ。新の日記帳と、同じように」

「それじゃあ……」

「そう。俺の記憶の中の過去は──旭、君が最初に過ごしたあの過去のままなんだ」

そう言うと奏多は苦笑いをして、日記帳のページを無造作に開く。

「でもさ、過去の日記なんか理由もないのにわざわざ読み返さないだろ？　だから困ったよ。この間久しぶりにみんなと会ったからかな。陽菜が中学時代の話をし始めて。俺の知らない話が出てくるから」

「陽菜と……？」

「そう。……あれ？　俺たち付き合ってるって知ってる、よね……？」

思わず首を振る。そんな私に奏多は少し驚いたような表情を見せた。

「そっか……。まあ、それはいいとして」

奏多は話を続ける。本当はもっと二人のことを聞きたかった。でも、今は──。

「それでもしかしてと思って、日記を読んでわかったんだ。誰かが新の日記帳を使ってるって。……あの頃の、俺たちのように」

──最後の言葉は小さくて、聞き取ることができない。

「――なんでもない。それで、今日連絡してきたのは、これだよね」

そう言って奏多は日記帳のページをめくった。


「奏多？」

4月19日

新が旭をふったらしい。

あいつの気持ちもわかるけど……バカだな。

泣きながら電話してくるぐらいなら、ふったりなんかしなければいいのに。

ホント……大バカだ。


「俺はこんな過去を知らない。けど、新ならやりそうだなって思ったよ」

目を伏せると、寂しそうに奏多は微笑んだ。

「ねえ、旭は何があっても過去を変えるんだよね」

「え……？」

奏多は足元をじっと見つめている。その表情は、私には見えない。

「この前言ったよね。辛《つら》いことが待っているとしても、それでも過去を変えるって。あの言葉を信じても、いい？」

「奏多……？」

「頼みがあるんだ」

手のひらをギュッと握りしめると、奏多は顔を上げた。

奏多は――泣きそうな顔をしていた。

「新を、諦めないでやってほしい。あいつに幸せだったって、そう思わせてやってほしい。――最期の時に、あいつが嬉《うれ》しそうに話してたんだ。中学三年のたった一年間、旭と付き合ってた日々のことを」

「あら、た……」

「一年だけ、じゃなくて……もっともっとたくさんの思い出を、あいつに与えてやってほしい……。旭にしか、できないことなんだ……」

そう言うと奏多は私に、頭を下げた。

地面には、ぽたぽたと落ちる滴が黒い染みをいくつも作っていた。

どれだけの時間が過ぎただろう。

黙ったままだった奏多が、顔を上げて私の方を見た。

「本当は、過去を変えるなんて俺は反対なんだ」

「それによって変わることが、いいことだけとは限らない。……それは、旭。君自身ももうわかってるんじゃないか？」

奏多の言葉に陽菜の顔が、浮かぶ。私が過去を変えたせいで──傷つけた。

「そして何より、このまま過去を変え続けたら、必ず君が傷つく」

「そんなこと……！」

「ないって言える？　本当に？　俺たちのようにはならないって……」

「俺たちの……？」

私の言葉に、奏多はしまったというような表情を見せる。そういえば、奏多はこの間も言っていた。俺たちの時は──って。

「ねえ、もしかして二人は、日記帳を使ったことがあったの？　今の、私のように」

「……昔の、話だよ。新のじいちゃんが死んだ時に、今の旭と同じように新のじいちゃんのつけていた日記帳を見つけたんだ」

「日記帳を……」

「それを使えば、夢の中で過去をやり直せることに俺たちは気付いた。それで──」

そこまで言って、奏多は辛そうに口を噤《つぐ》んだ。

その表情で、続きを聞かなくてもわかってしまった。きっと二人は過去を変えようとし
「え……？」

て……そして、失敗したんだ。

夢の中でもう一度、おじいちゃんを──亡くした。

「──ごめん」

「いや……」

「……………」

なんと言っていいかわからず思わず黙り込んでしまった私に、悲しそうに微笑《ほほえ》みながら奏多は言う。

「このまま過去を変え続けたら……必ず君が傷つく。わかっているんだ」

でも……と、言いにくそうに奏多は言葉を続ける。

「それでも、俺は……旭と別れた後の辛そうな新の顔も、最後の最後まで旭の名前を呼んでいたあいつの声も、忘れることができないんだ」

「奏多……」

「だからもし、これから先過去を変えることで旭が傷つくことがあれば俺を頼ってくれ。できることならなんでもする。だから……だから……」

「──大丈夫だよ」

苦しそうな顔をする奏多に微笑みながら──私は新のことを思い出していた。

笑った顔、怒った顔、照れた顔、泣いた顔。どれも、失いたくなかった新の姿……。

「私は、新を諦めない。新が新を諦めたとしても、私は絶対に諦めない。だから……」

「旭……ありがとう」

私の名前を呼ぶ奏多の瞳は、私を通して──かつての新を見ているような気がした。


奏多と別れ、私は家に帰ってきた。

新の日記を、読むために。

本当は怖い……。怖いけど……。

真剣に私を見つめる、奏多の姿を思い出す。奏多と約束したんだ。私は……新を、諦めないって。

日記帳を握る手に、力が入る。そして私は、昨日見た夢の日付のページを開いた。

4月19日
午後からになったけど学校に行くことができた。
でも、行かなければよかった。
旭を傷つけた。

好きな子が……俺を好きだって、言ってくれたのに……。

どうして、俺も好きだって言えなかったんだろ……。

この心臓がポンコツじゃなければ……。

こんな気持ちのままで明日からのオリエンテーションに参加、できるのかな。

ごめんね、旭……。


「新……」

私が告白したせいで、こんなに新を苦しめていたのかと思うと胸が痛くなる。

けれど……。

「それでも、あなたが好きなんだよ……新」

しつこくて、ごめん。

諦められなくて、ごめん。

でもこの選択が間違ってなかったんだって、いつか笑って話せる時が来るって信じてるから。

「四月……二十日」

そして私は過去に戻るために、新しいページを開いた。

4月20日・21日・22日

くそっ……！　なんで……！

……旭とは、気まずくなるかなって思ったけど、それほどじゃなかった。

奏多がさり気なく気を配ってくれてるのがわかった。

ありがとう。


1日目は特に何事もなくて、このままなら大丈夫だと思った。

けど、2日目の午前中に行ったハイキングの最中に、持ってきていた薬を落としてしまった。

もしかしたら特に発作も起きなくてそのまま過ごせたかもしれない。

けど、心のどこかで「ああ、やっぱり」って思ってしまった。

やっぱり俺がキャンプに参加するなんて無理だったんだって。

先生に事情を話して親に迎えに来てもらった。

本来なら今日みんなと一緒に帰ってくるはずだったのに……。

先生にも、奏多にも……旭にも迷惑かけてしまった。

俺のせいで……。

みんな、ごめん……。

ごめん、旭……。


「——これ、覚えてる。体調を崩したって言ってたけど、そうじゃ、なかったんだ……」

オリエンテーションの二日目、新が体調を崩したから帰ることになったと先生から言われたのを覚えている。

せっかくのキャンプなのに可哀《かわい》そうだなぁ、と呑気《のんき》に思ってた自分に嫌気が差す。

「私に何ができるかわからないけど……でも……！」

私は日記帳を閉じてベッドへ向かうと、いつものように、目を閉じた。

まるで、新のところへと戻るための儀式のように——。

◆◆◆

カバンのファスナーを閉めると、私は携帯に表示されている時計を見て一息つく。

「──ふう。人間やればなんとかなるね」

必死で終わらせたキャンプの準備を詰めたバッグを持つと、私はジャージを着て家を出た。

今日から二泊三日のオリエンテーションだ。

「とにかく、私にできることをしよう」

小さく呟《つぶや》きながら校門を通り抜けると、少し前を歩く新の姿が見えた。

「新……」

「旭……？」

口の中で呟いただけ……だったはずなのに、新が私の方を振り返っていた。

気まずそうに立ち尽くす新に私は──。

「……おはよ！」

「え……？」

「おはよ！」

「おは……よう」

明るく言った私に戸惑いながらも、新は返事をしてくれる。

困っているのが手に取るようにわかる。けど、新の七変化する表情を見ていると、なんだか可笑《おか》しくなってくる。

「ふふっ……」

「へ？」

「ううん、なんでもない！　キャンプ、楽しみだね！」

「う、うん」

わけがわからない、といった顔をしながらも隣に並んで歩いてくれる。

ごめんね、新。困らせちゃってるのは、わかってる。

わかってるけど……。

私、諦めたくないんだ。だから……。

「一緒に！　楽しもうね、三日間！　約束だよ！」

「……うん、ありがとう」

新にも、諦めてほしくない。

私があなたと過ごす未来を。

あなたが……笑って過ごす未来を。

「そうだ！　新！」

「ん？」

隣を歩く新の顔を見つめると、私はニッコリ笑った。

「私！　新を好きなの、やめないからね！」

「えっ……？」

「──新に私のこと！　好きって言わせてみせるから！」

目を白黒させている新を置いて、私は校舎へと走っていった。

「ちょ、旭……!?」

後ろから新が私を呼ぶ声が聞こえた気がしたけれど……真っ赤な顔を見られたくなかった私は気が付かなかったふりをして、校舎の中へと入った。

「ひゅー、大胆」

「か、奏多!?」

下駄箱《げた》のところで会ったのは、ニヤニヤと笑う奏多だった。

「旭ってやっぱり新のこと好きだったんだね」

「──そうだよ！」

「……へえ」

私の返事に、奏多は意外そうな顔をした。

でも、今の私にはからかいの言葉に照れるだけの、余裕なんてなかった。

だって――。

「新のことが好きで、好きで、大好きで……。他のことなんて全部どうでもいいぐらい、新のことだけ考えてここにいるんだから！」

私の選択が、いつか誰かを悲しませたり苦しめたりすることがあるかもしれない。過去を変えるってきっと、そういうこともあるって思い知った。

それでも私は――私は――。

「これから先も……新の隣に、いたいから」

最後の言葉は、聞こえなかったようで――なんかいいね、と奏多は言った。

「誰かのために必死に頑張れるって、凄《すご》いな」

「奏多……？」

「なんでもない。まあ、頑張ってね」

ひらひらと手を振ると、奏多は私を置いて教室へと向かった。

「かっ――」

「旭？」

私の名前を呼ぶ声に振り向くと……そこには、まだ少し赤い顔をした新が不思議そうな顔で立っていた。

あんなふうに走り去ったのに……。追いつかれてしまった恥ずかしさに私が何も言えないでいると、新が小さく笑った。

「……新？」

「――っ。なんでも、ないよ」

慌てて靴を履き替えると、新は私を置いて教室に向かおうとする。

「ちょっと待ってよ！」

急いで新の後ろを追いかけると、いつもよりゆっくりと歩く新の隣に追いついた。

（……待って、くれてた？）

教室までの道のりに会話はなかった。けれどその沈黙は、そんなに嫌なものではなかった気がした。

「よーし、それじゃあ出発するぞー」

「はーい！」

田畑先生の号令に、みんなが一斉に返事をする。

私たちを乗せたバスが動き出し、二泊三日のオリエンテーションがスタートした。

（大丈夫そう、だね）

通路を挟んで隣の席の新の姿をそっと見てみるけれど、なんでもないような顔をして外を見つめていた。

（……あ）

「……」

（気付かれた）

じーっと見ていると、だんだんと新の顔が赤くなってきたのがわかる。

でも、何も言ってこないからなんだか可笑しくなってきて、そのまま見つめ続けてみることにした。

「……」

「……」

無言を貫く新を、見つめ続ける。

「……」

「……」

見つめ続ける――。

「……だあああ！　何！　なんですか！」

「あはは、いつ気付くかなーって」

「いや、気付いてるの知っててずっと見てたよね⁉」

「そんなことないよー」

焦った新がなんだか可愛《かわい》くって、思わず笑ってしまう。

「ホントにもう……。人の気も知らないで」

「何か言った？」

「なーんーにーもー」

そっぽを向かれてしまうと、途端に話しかけづらくなる。

そんな私の視線に気付いたのか、新はチラッとこっちを見ると手元の袋を指さした。

「……お菓子、いる？」

「いる！」

「好きなのどうぞ」

「ありがとう！」

差し出された袋を覗《のぞ》き込もうと体勢を変えると、思ったより近くに新の顔があった。

「……っ！」

「ご、ごめん！」

思わず顔を背けた私たちに、奏多がニヤニヤしながら後ろの席から顔を覗かせた。

「せんせー！　鈴木君と竹中さんがいちゃついてまーす」

「いちゃついてなんかねえよ！」

からかう奏多に新が叫ぶと、バスの中は笑いに包まれた。

（──楽しそうで、よかった）

楽しくて、楽しくて……もし何かアクシデントが起こったとしても、仕方ないなんて新が思えないぐらい楽しくなればいい。諦められないぐらい、楽しくなればいい。

「あーそれにしても、俺も一番前がよかったなー」

新の後ろから身を乗り出すように奏多が言う。バスの席は何かあった時のためにと正副委員長である新と私が一番前の席に座り、それぞれ隣の席は空席となっていた。

「誰か具合悪くなるまで、そっち行っちゃダメかな」

「ダーメ！　先生に言われたでしょ」

「ちぇー」

不貞腐《ふてくさ》れたような声を上げる奏多に、新のさらに前の一人掛けの席に座っていた田畑先生が振り向いた。

「そんなに前に来たいなら、先生の膝の上に座るか？」

「それはお断りします！」

「あはははは」

奏多の叫び声に、再びバスの中はクラスメイトたちの笑い声が響いた。

「──ねえ、旭」

「ん？」

座席の隙間から、後ろの席の陽菜が話しかけてくる。

「なんか、奏多君いつもよりテンション高いね」

「確かにそうだね。いつもはもうちょっと落ち着いてるよね」

「だよね。なんか……」

（あれ？　大人っぽい奏多が好きだったのかな……？　まさか幻滅したとか……？）

「はしゃいでる姿も可愛い！」

「……そうですか」

「え？　陽菜ちゃんってもしかして奏多のこと……？」

「あっ……！」

陽菜の隣に座っていた深雪に聞こえてしまったらしく、驚いたような声が聞こえる。

「そっ、その……。内緒だよ？」

「そうだったんだー！　内緒にするする！　え、あ！　私、邪魔？　席替わろうか？」

「だっ大丈夫！　で、でも帰りはそっちに座らせてくれたら嬉《うれ》しいな」

ハニカミながら言う陽菜に、深雪は微笑《ほほえ》む。

「わかったわ。でも意外ねー、陽菜ちゃんが奏多を好きだなんて」

「みっ深雪ちゃん声大きい！」

不思議そうに陽菜と奏多の顔を見比べる深雪の口を、慌てて陽菜が塞ぐ。

(後ろの二人は二人で、楽しそうでよかった)

ふふっと笑いながら前を向くと、私に向けられる視線を感じた。

「どうかした？」

「あっ……いや、その……別にっ」

誤魔化すようにカバンの中を漁《あさ》る新の手元から、何かがバスの通路に落ちるのが見えた。

「これ、落ちたよ？」

「あっ……！」

拾い上げて渡したそれは、錠剤のシートがいくつか輪ゴムでまとめられていた。

「ごめん！　えっと、ありがと」

「薬？」

「そっその……」

明らかに焦った様子に私は、新の日記帳を思い出す。

(そうだ！　きっとこれを、新は明日……)

新は、手のひらの薬と私の顔を交互に見ると、ギュッと口を噤《つぐ》んでしまう。言葉に困った様子の新に私は、実際とは違うであろう薬の名前を口にした。

「……酔い止めか何か？」

新は私の言葉に一瞬はてなマークを浮かべる。けれど、言われた内容を理解すると、慌てて私の嘘《うそ》を肯定した。

「あ、うん。そうなんだ。酔い止めなんだ！」

「――やっぱり！　私もすぐ乗り物に酔っちゃうんだよー」

「……うん、そんな感じ。拾ってくれてありがと」

そう言うと新は、窓の向こうを見て黙り込んでしまった。

そしてバスが目的地に着くまで、新が私の方を見ることは二度となかった。

「着いたああ！」

「長かった……」

「……ホントに。こんな遠かったんだね」

三年前に行った時は、友人たちとお喋《しゃべ》りするのに夢中であっという間に着いた気がしていたけれど、無言になった新の隣にいると、時間が経《た》つのがとても長く感じられた。

「竹中ー」

「はい？」

田畑先生の私を呼ぶ声が聞こえる。

「鈴木と二人で点呼して、各班ごとに並ばせておいてくれ」

「わかりました」

(新……は、あそこか)

みんなから少し離れたところで、山を見つめている新の姿が見えた。

「新」

「……っ！　ビックリした……。どうしたの？」

「先生が点呼しといてって」

「わかった」

そう言うと、一人でスタスタと歩いていってしまった。

(うーん……どうしようかな……)

踏み込んでいきたい。

けど、さっきみたいに拒絶されてしまうと……。

(ダメだなぁ……頑張るって、決めたところなのに)

私は、あと一歩が踏み出せずにいた。

「……旭！」

「え……？」

先を歩いていたはずの新が、私の方に戻ってきた。

「さっきはゴメン！　その……眠くって」

俺、眠いと機嫌悪くてさ——そう続ける新の言葉が嘘なのはわかっている。

わかっているけれど……。

「しょうがないなー！　後でまたお菓子くれたら許してあげる！」

笑いながら私は、新の嘘に誤魔化されてあげることにした。隣に並んで笑う私を見て、新は安心したように微笑んだ。

——けれど私は気付いてしまった。

微笑んでいるはずの新の手が、爪が食い込んでしまいそうなほどギュッと握りしめられていることに……。

（新……）

その手を握りしめたい。そっと手を開いて、きっと赤くなっているであろう手のひらを優しく包み込みたい。でも今の私では、それをすることができない。

ただの友達の私では……。

「——新！」

「え？」

「これ、あげる！」

だから私はポケットに入っていた飴《あめ》を一つ、新に差し出した。

新はその包装を見て一瞬眉をひそめると、書かれた味の名前をおそるおそる読み上げた。

「激甘シュークリーム味……さらにカスタード増量中!?」

「美味《おい》しいよ？」

「ええー……」

半信半疑、といった感じでそれを口に運ぶと——新は手のひらで口を押さえて叫んだ。

「あっっっま！　何これ!?　ヤバいって！」

「えー、美味しかったけどなぁ」

「いやいやいや！　これ美味しいって旭の味覚どうなってんの!?」

新は口の中の飴をどうにかなくそうと必死に舐《な》めて……そのたびに甘さに悶絶《もんぜつ》する。そんな新に思わず笑ってしまった私を見て新も笑った。笑う新の手は、さっきまでのように固く握りしめられてはいなかった。

（よかった）

新は涙目になりながらも、どうにか口の中の飴を噛《か》み砕《くだ》いて飲み込んだようだ。カバンの中からお茶を出して飲むと、生き返ったかのように息を吐いた。

「こんなヤバいの久しぶりに食べた！」

「もう一個いる？」

「絶対いらねー！」

笑いながら新は言う。

いつも通りの、笑顔で。

私の向ける視線に気付いた新は、コホンと一つ咳払《せきばら》いをした。

――そして。

「行こっか」

「うん」

そう言って私の隣に並ぶと、私たちはみんなが待つ方へと二人一緒に歩いた。

パンッと先生が手を叩《たた》く音でハッとなった。

「それじゃあ、明日はハイキングもあるからそれぞれ気を付けるように！」

班長と先生を交えたミーティングの後、正副委員長だけ残されて明日のハイキングについての確認をしていた――のだけれど。

「旭、今寝てた……？」

「ちょっとだけ……」

片付けをしていた私に、新は心配そうな視線を向けた。

「明日もあるんだから無理しないようにね」

「――心配してくれてありがとう」

「……別に、心配なんて……」

ああ、まただ。

いつも通りの新だ、と思って近付くと距離を取られてしまう。けど、きっと嫌がられているわけじゃない、はずだから。

視線をそらした新にもう一度ありがとうと伝えて微笑むと、私は自分たちのテントへと向かった。

――背中を向けた私に、何か言いたそうな視線を新が向けていたことなんて、知る由もなく。

私はテントに広げた寝袋の中に転がると、小さくため息をついた。

「どうしたものか……」

「なんか言った……？」

「あ、ごめん。なんでもないよ」

思わず口から出てしまった独り言が聞こえたのか、隣にいた陽菜が私の方を向く。

さっきまではあちこちのテントからみんなの騒ぐ声が聞こえてきていたが、今はもう静まり返っていた。

「ね、旭！　キャンプ楽しいね！　みんなでずっと一緒にいられるのっていいね！」

「陽菜ちゃんは奏多とお泊まりが嬉しいんじゃないのー？」

「もう！　深雪ちゃん！」

ニヤニヤしながらからかう深雪に、陽菜は赤くなりながら口をとがらせている。

「あはは、でもそうだね。こうやって、ずっと一緒にいられるのっていいよね」

「旭も新君と一緒だしね！」

「え！　あ、やっぱり旭って新のこと好きだったんだ!?」

「あっ。……旭、ゴメン」

深雪も知っていると思ったのか、それともつい口が滑ってしまったのか——そこに悪気はないんだろうけど。どちらにせよ深雪だけ知らなかった、ということは明白で。

「や、うん……。そうなんだ。ゴメンね、隠してたつもりじゃないんだけど……」

「え、なんで謝るの？　そっかー！　新かー！　陽菜ちゃんの奏多よりはいい趣味してると思うよ」

「どういうことー!?」

気にした様子のない深雪にホッとする。

（きっとこれが逆だったら大変だっただろうな……）

想像しただけで苦笑いしてしまった私を、当の陽菜は不思議そうな顔で見ていた。

「ん……」

目を覚ますと、一瞬ここがどこだかわからなくなる。現在なのか過去なのか、私はいったいどこにいるんだろう。

（あ、そっか……キャンプ、だ）

身動きの取りにくい身体《からだ》は寝袋に包まれていて、左右には陽菜と深雪が眠っているのが見える。二人を起こさないようにそっと立ち上がると、私はテントの隙間から入ってきた月明かりを頼りにテントから外へと出た。

「うわあああ……！」

そこには満天の星が広がっていた。

「凄《すご》い……こんなの、初めて……」

人工的な明かりがほとんどないからだろうか。今まで見たどんな星空よりも、綺麗《きれい》に見えた。

「……旭？」

空を見上げながらふらふらと歩いていると、突然誰かが私の名前を呼んだ。

――誰か、なんて言ったけど本当はわかっていた。

私の大好きな声で、私の名前を呼んだのは。

「新……」

視線の先には、困ったような顔で笑う新の姿があった。

「何してるの?」

「旭こそ……」

「私は、その……目が覚めちゃって」

寝ぐせはついていないだろうか——慌てて手で髪の毛を整える私を、新はなぜかじっと見つめていた。

「——俺もそんな感じ」

「そっか……」

「うん……」

——会話が繋《つな》がらず、沈黙が私たちの間に流れる。その瞬間、空に一筋の光が走った。

「流れ星! ほら! また流れた!」

「ホントだ! すげ——!」

星空の合間を縫うように、次から次へと星が空を流れていく。

「凄いね! 凄いね!」

「ああ! すげえ……。俺、こんなの初めて見た……」

「私も……」

まるでここだけ違う世界のようで、ただ目の前に広がる神秘的な光景を、二人で見つめ続ける。

（このまま……時間が止まってしまえばいいのに）

無理なことはわかっている。わかっているけれど、願わずにはいられなかった。

「あ、そうだ！」

「え？」

「願い事！」

「あー……」

いい事を思いついた！　と、思ったのに新はあまり乗り気ではないようだ。

「微妙……？」

「や、うーん……。ま、いっか。お願いしてみる？」

「うん！」

そう言って二人で空を見上げて、星が流れるのを待つ。

けれど、さっきまであんなに流れていたのに、待ち始めるとなかなか流れてくれない。

「うーん、流れないね……」

「もう諦め……」

「あ！　新！　ほら、あそこ！」

その瞬間、空に今日見た中で一番明るい流れ星が見えた。

「ほら！　新も！」

「あ、うん……」

(新が笑って、ずっと楽しそうで元気で幸せでいられますように！)

流れる星を見つめながら、心の中で願いを唱える。

隣を盗み見ると、目を閉じて何かを願っている新の姿があった。

「お願い事、できた？」

「ん。旭は？」

「私も！」

「そっか……」

何を願ったの？　なんて聞くことはできなかった。――病気が治りますように、それ以上の願いなんてあるわけないから。

どちらからともなく無言になり、辺りには風の音だけが聞こえる。そして私たちは、星が輝く夜空を見つめ続けた。

二人で空を見上げて、どれぐらい時間が経《た》っただろうか。そろそろ戻ろうか、そう言おうとした瞬間、私の視界が大きく揺れた。

「……っ!?」

「っと！」

ずっと上を向いていたからだろうか、ふらついて転びそうになった私を新の手が受け止めてくれる。

「ご、ごめん……！」

「大丈夫？」

「危なかったー！　転ぶかと思った！」

「何やってんの……」

呆《あき》れたように笑う新に、私もへへっと笑い返す。

「そろそろ戻ろっか？」

「えーっと……」

「新？」

私の問いかけに、新は困ったような表情をしている。ううん、困ったというよりは――。

「――もう少し、見てかない？」

「……え？」

「ダメ、かな……」

顔を真っ赤にして新は言った。

「あ……」

「嫌なら……」

「み、見る！　見てく！」

思わず何度も頷《うなず》いてしまう私に、よかったと新は微笑《ほほえ》んだ。

「……あと」

そう言いながら新は、私の手を取る。

「え……？」

「……また、転ばれても困るから」

ギュッと握りしめられた手のひらからは、新の温《ぬく》もりが伝わってくる。

肩が触れそうなほど、近づく距離。

その距離にドキドキしながら——瞬《また》く星を二人で眺め続けた。そんな私たちを月明かりが、優しい光で照らしてくれていた。

「へくちゅ！」

「ぷっ……」

手を繋いで、星空を見上げていた私たちの間に流れる空気を壊したのは……私のくしゃみ、だった。

「ご、ごめん！」

「や、あはは。そろそろ戻ろうか？　冷えてきちゃったし。……それにそろそろ見回りが来るんじゃないかな。その時委員長二人がいないなんてことがバレたら……」

「怒られるね……」

「だいぶね」

顔を見合わせてもう一度笑った後、私たちは繋いでいた手をそっと離した。

「それじゃあ、また明日」

「うん。……旭！」

手を振りながら歩き出した私を、新の声が引き留める。

「どうしたの……？」

「……おやすみ！」

「……っ！　おやすみ、なさい！」

ただの挨拶のはず。なのに、たった四文字の言葉に、これほどドキドキするのはなぜなのか。

（おやすみ、新。……今も、昔もずっと大好きだよ）

届かない声を心の中で呟《つぶや》いて、私は自分のテントへと再び歩き出した。

翌日、鼻詰まりと背筋の悪寒で私は目を覚ました。

（私のバカ……）

鼻をすりながらテントの中で着替えをすると、私はなんでもないふりをして外へ出た。

「んー！　いい天気！」

顔に触れる空気はひんやりとしているけれど、気持ちがいいほどの晴天だ。

「陽菜、おはよー」

「おはよー！　起こしちゃった？」

「ううん、大丈夫だよ」

隣に並んで伸びをすると、陽菜が笑った。

「旭、おばあちゃんみたい」

「失礼な！　寝慣れないところで寝たからかな？　足腰が痛くって……」

「え、ホントにおばあちゃん……？」

「違いますー」

他愛ない話をしていると、眠そうな顔をした深雪も起きてきた。

「おはよー。二人とも起きるの早いね……」

「おはよ。深雪が昨日一番最初に寝たんだけどね」

あくびをかみ殺しながら話す深雪に笑って言うと、私の方をジッと見てから口を開いた。

「……誰かさんが外に行く時に目が覚めちゃって、しばらく眠れなくてね」

「……っ!?　ご、ごめん！」

「先生が見回りに来るまでに戻ってこなかったらどうしようかって焦ったんだから」

「すみません……」

わざとらしくもう一度あくびをしてみせた深雪を、陽菜が不思議そうな顔で見つめる。

「なんの話？」

「なんでもないわ。それより今日の午前中はハイキングだったかしら？　晴れてよかったわね」

話題を変えながら深雪は辺りを見回す。

「ほとんどの班が起き始めたみたいだし、そろそろ朝食の時間だから移動した方がいいんじゃない？」

「もー、最後に起きてきた深雪ちゃんがそれを言う？」

「ひっ陽菜！　ほら！　そんなことより早く行こ！　朝食は何かなー？」

「旭、どうしたの？」

「どうしたのかしらねー？」

これ以上まずいことを言われてしまう前にと、陽菜と深雪の手を取って私は歩き始めた。

そんな私に深雪は仕方がないわね、と呟きながらもそれ以上何か言うことはなかった。

「よーし、それじゃあ今からハイキングだ」

「え、これって……」

「ハイキングじゃなくって……」

「ただの山登りなんじゃあ……」

目の前に広がる光景を見たクラスメイトたちの、動揺した声が聞こえてくる。

(そうだよね……。私も三年前そう思った)

ハイキングという名の——登山。

一応道はあるから、あとはルートを外れなければ山頂まで行くことは難しくない。

……体力さえあれば。

「静かに。頂上に着いたら先生がいるからそこで報告して、昼飯食ってまた下りてくること。いいなー?」

「…………」

「…………」

「返事をしなかったやつらは、昼飯食わずに下りてくるか?」

「わかりました!」

先生の無茶な提案に、慌てて返事をすると満足そうに先生は頷いた。

「鈴木」

「はい？」

私たちの前の班が出発した後で、田畑先生が新のそばにやってきた。

「無理、すんなよ？　携帯持ってるな？　何かあったら……」

「大丈夫だって！」

小声で話しかけていたけれど、隣にいた私には筒抜けで。それに気付いた新は、慌てて先生の言葉を遮った。

「全員で山頂行くから！　だから、待っててよ！」

「――ああ、そうだな。お前たちも気を付けるんだぞ」

「はーい」

気の抜けた返事をする奏多に笑うと、私たちの班の出発時刻がやってきた。

「いってきまーす！」

そうして私たちは、ハイキングへと出発した。


「んー！　ちょっと休憩！」

何度目かの休憩を申請すると、深雪は道端に座り込んでしまった。

「今これどの辺り？」

「多分……やっと半分ぐらい？」

「まだ半分!?」

私と新の会話を聞いた深雪が、悲痛な声を上げた。

「あともうひと踏ん張りだよ！　頑張ろ？」

「そうそう。ここまで来たんだからあと少しだよ」

「そうね……」

手を差し出す深雪を引き起こすと……突然、視界が揺れた。

「……っ」

「旭？」

「な、なんでもない！」

慌てて引き起こすけれど、深雪が心配そうな顔で私を見ていた。

「つ、疲れちゃったのかな」

「深雪が重かったんじゃあ……」

「失礼な！」

軽口をたたく二人を笑いながらも、山を登って汗が引き始めた身体《からだ》は——再び寒気に襲われていた。

(——やっぱり、風邪……かも)

自覚するとどんどん体調は悪くなる。山頂まであと少し、というところまで来た時には完全に熱で頭がボーッとしていた。

ドクン、ドクンと自分の心臓の音が大きく響いて聞こえる。

(本格的に、フラフラしてきた……)

どうしよう、と思ったところで歩くしかない。それに、せっかくみんなが楽しそうにしているのに、私がそれを邪魔したくない。

(新だってここまでなんの問題もなく来られたんだもん。このまま……)

そう思って足に力を入れるけれど、なかなか前には進まない。

「あさっ……」

「きゃっ！」

新が何かを言おうとした瞬間、それを遮るように前方で陽菜の悲鳴が聞こえた。

「え、大丈夫？　陽菜ちゃん!?」

「こ、ころんじゃった……」

「陽菜、大丈夫？」

足を滑らせた陽菜が勢いよく転んでしまったようで、足首を押さえているのが見えた。

慌てて駆け寄ると、陽菜の足首は赤く腫れ上がっていた。

「うわっ。新！　お前のリュックに応急セット入ってたよな？　その中に湿布ある？」

「ちょっと待って」

新は自分のリュックを下ろし、応急セットから湿布を取り出すと奏多に渡す。

「大きいサイズはないけど……大丈夫かな？」

「大丈夫だろ、陽菜ちゃんほっそいし」

「そ、そんなこと……」

捲《まく》り上《あ》げたズボンの裾から見えた足首を隠すようにする陽菜だったけれど、痛みで顔をしかめてしまう。

「貸して！　ちょっと待ってね、今貼るから」

そう言いながら湿布を奏多から奪い取る深雪を見て小さく笑うと、私は新のリュックの隣に腰を下ろした。

（ちょっと休憩したら、マシになるかな……）

そう思った瞬間だった。世界が回転したのは。

「やっ……！」

とっさに手を伸ばした私の腕は、隣にあった新のリュックに絡まり……そのまま山の斜面を、転がり落ちた。

――転がり落ちた、はずだった。

「あっ……ぶなかった！」

「あら、た……？」

「新？　じゃない！」

転がり落ちそうになった私の腕を、新が摑《つか》んでいた。

「具合悪いなら悪いって言わなきゃ！　見てみなよ！　あのまま落ちてたらあんなふうになってたんだよ!?」

怒る新に私は後ろを振り返ると、山の斜面の途中の木に引っかかる新のリュックが見えた。もしもあのまま落ちていたら……そう思うと、ゾッとする。

「やっぱり熱がある……。その、昨日ので風邪ひいたんだよね？　ゴメン……」

「ううん……私の方こそ、ごめんなさい……」

心配そうに私を見た後、新が私の後ろへともう一度視線を向けたような気がした。

「陽菜ちゃんも歩けそうだし、とりあえず上まで行こうと思うけど旭は歩ける？　無理なら先生呼ぶけど……」

「大丈夫。……大丈夫、なんだけど……」

熱のせいだろうか、何かを忘れている気がする。忘れちゃいけない何かがあった気がする。でも、頭がぐるぐるして考えがまとまらない。忘れている何かが、思い出せない。

(落ち着け、落ち着け私……。そうじゃないとさっきみたいにまた……新のリュックみたいに私が。……リュック？　新の、リュック！)

「ど、どうしよう！　新のリュック！　取りに行かなきゃ！」

「な、何言ってるの？」

「だって！　リュック！　私のせいで！　あの中に……薬！」

「……っ！　だ、大丈夫だよ。酔い止めぐらいなら……誰か他に持って……」

視線をそらしながら言う新の腕を必死で摑む。

（ごめん、新……！）

今は——今だけは、誤魔化されてなんかあげられない！

「ダメ！　ダメだよ、新！」

「何を……」

「諦めちゃ、ダメなんだよ……！」

「旭……？」

辛《つら》そうな表情の新に、私は覚悟を決めた。

「私、取ってくる！」

（私の、私のせいで新が諦めるなんて……。そんな選択、絶対させない！）

「旭!?」

背負っていたリュックを下ろすと、私は引っかかっている新のリュックを見た。

（うん、あれなら……大丈夫！）

「ちょっ……旭!?　あんた何して……！」

そっと斜面を下りようとすると、深雪たちが驚いて私たちの方へ駆けてくる。

「新！　何があったの!?　ねえ、新！」

「その……」

「あれ、私が落としちゃったの……だから……」

事情を説明しながらも斜面へと足をかける私の腕を、深雪が掴んだ。

「そんなの！　取りに行ってあんたが落ちたら意味ないでしょ!?　謝れば新も許してくれるわよ！　中身ならきっと先生が予備を……」

「ダメなの！」

必死で私を止めようとする深雪の腕を振り払うと、驚いた表情を見せた。

「絶対に、ダメなの…！」

「旭、どうしたっていうの……」

泣きそうな声で言う私を、深雪は不安そうに見つめている。

――そんな私たちから離れたところにいた奏多が、新の顔を覗《のぞ》き込みながら口を開いた。

「なあ、新」

「何……」

「あの中ってもしかして……薬……」

「………」

顔を背ける新に、奏多はしょうがないな——と首を振った。

「……ったく。ほら、旭はこっちに戻ってきて」

「でも……！」

私の手を強引に掴むと、奏多はそのまま新に私の手を預けた。

「旭はここにいて？」

「なんで!? 私——」

「大丈夫だって。……俺が取ってくるから」

そう言うと、奏多は自分の背負っていたリュックを新に渡した。

「なら俺が……！」

「バーカ、お前が行ったら責任感じて旭がまた私が行く！ ってなっちゃうだろ？ だから、お前はそこで旭を捕まえておくこと。わかった？」

「奏多……悪い……」

ニッと笑うと、奏多は斜面を下り始めた。

——その後のことはあまり覚えていない。

奏多が無事新のリュックを持って戻ってきてくれたことは覚えているけれど、どうやら私はそのまま意識を失ってしまったみたいだった。

気が付いた時には、救護所のようなところで寝かされていた。

（ん……）

誰かの、話し声がする気がする……。

「旭にバレてるって……なんで……」

「だって……ただの酔い止めだと思ってたら、あそこまでしないよ……普通」

「まあ、確かに。でもさ、ならいっそバラしてそれでも好きだって言ってくれたら……」

「イヤだ！」

新の声が、辛そうな声が、聞こえる……。

「新……。だけど」

「旭には……。旭にだけは、知られたくない。好きな子の前でぐらい、カッコつけていたいだろ……？」

「そりゃわかるけど……」

「それに……。もしも、受け入れてくれたとしても……。俺が死んじゃったら、残された方は悲しいだけだろ」

「新……」

これは……夢だろうか。

――夢かもしれない。

（夢でもいいから……悲しい思いをしたとしても、新の傍《そば》にいたいんだよって……そう、伝えられたらいいのに……）

「新？」

「や、今……旭が起きた気がして」

「――よく寝てるよ」

「そっか……。――旭。俺に諦めないでって言ってくれて、ありがとう。すっごく嬉《うれ》しかった。……でも――弱い俺で、ゴメンな」

そう呟《つぶや》いた新の声を、私は夢の中で確かに聞いた気がした。

――目が覚めると、部屋は夕日に照らされていた。

「目、覚めた？」

「ここは……？」

身体《からだ》を起こした私に、誰かが声をかけてくれた。

「あなた倒れたのよ。同じ班の男の子たちが運んでくれたからお礼言っておきなさいね」

「新と奏多が……」

ベッドの傍に立つとその人――救護の先生は、私のおでこに触れて微笑《ほほえ》んだ。

「熱は引いたみたいね。どうする？　ご両親に迎えに来てもらう？　それとも……」

「大丈夫です！　私もう元気です！　だから――！」

心配そうな表情をする先生に、必死で帰りたくないことを伝えると――どこか懐かしそうな顔をして微笑んだ。

「ふふ、そうよね。最後の年のイベントだもの、参加したいわよね」

「はい……！」

「無理はしないこと。少しでも具合が悪くなったらここに来なさい。わかった？」

「ありがとうございます！」

先生にお礼を言うと、私は建物の外に出た。

（新はどうなったんだろう。確かあの時、奏多が新のリュックを……）

キョロキョロとみんなの姿を探していると、誰かが私の名前を叫ぶ声が聞こえた。

「旭！」

「深雪？」

「あんた大丈夫なの⁉　あの後大変だったんだからね――って旭⁉」

私の腕を摑んで心配そうな顔を向ける深雪の腕を、私は思わず摑み返していた。

「大丈夫、心配してくれてありがとう！　ありがとう、なんだけど……。それより、新は⁉」

「それよりって……。……はあ。新ならほらあそこ」

深雪が指さした先には、深雪と同じように心配そうな顔をした新の姿があった。

「新！　私っ、ごめん！　ごめんなさい！」

「旭……」

「私のせいで……」

「……何言ってんの。落ちたのが旭じゃなくて本当によかった。結果的にリュックも手元に戻ってきたんだし大丈夫だよ」

　だから謝らないで——そう新が言うと、新の後ろから奏多もひょっこり顔を出した。

「そーそ。そもそもあんなところにリュック置いておいたこいつが悪いんだから、旭は気にしなくていいんだよ」

　二人が私に笑いかけてくれるから、申し訳なさと嬉しさで私は少しだけ泣いてしまった。

「二人とも、本当にありがとう」

　そう言って微笑む私を見て、二人は安心したようにもう一度笑った。

　みんなが輪になって座る真ん中で、大きな炎が燃え上がる。炎の向こうでは新が笑っている姿が見えた。

「よかった……」

「何か言った？」

「ううん、なんにも……」

過去が変わったことに、ホッとする。これで、少しはいい方向に変わるだろうか。

「そう？　それにしても、心配かけるようなことあまりしないでよね」

「そうだよー？　私たち心配したんだからね！」

「ごめんね、二人とも……」

「もういいわよ」

そう言うと深雪は再び炎へと目を向けた。つられるように私と陽菜も炎を見つめる。

「綺麗《きれい》ね」

「そうだね……」

頷《うなず》きながら、炎を見る。揺らぐ火を見つめていると、ふいに声が聞こえた。

「――旭」

「え……？」

どこからか、私の名前を呼ぶ声が聞こえた気がしたのだけれど。

「……気のせい？」

「旭」

「新……」

今度ははっきりと聞こえたその声に振り返ると、強張《こわば》った顔の新が後ろに立っていた。

「今、少しいいかな？」

深雪と陽菜にごめんね、と伝えると私はそっと抜け出して新の後ろをついていった。

「……うん」

「…………」

「…………」

どこまで行くのだろう。歩き進めるにつれ、炎の周りの喧騒《けんそう》が嘘《うそ》のように静かになる。

やがて、私たちの足音以外なんの音もしなくなった。

ようやく新が立ち止まったのは、小さな川沿いのベンチだった。

「これ……」

「え？」

「また冷えるといけないから、使って」

そう言って羽織っていたパーカーを脱いだ新は、私の肩にかけてくれる。

「そんな、新が冷えちゃうよ！」

「大丈夫、俺この下にもう一枚着てるし」

「でも！」

反論しようとする私の手を摑《つか》むと、新は小さな声で言った。

「たまにはカッコつけさせてよ」

「新……」

「それに、そんなに長い時間はいられないから」

確かに新の言う通り、抜け出してきたとはいえまだキャンプファイヤーは続いている。先生たちが気付く前に戻らなくてはならない。

「だから、手短に話すけど……。昼間は本当にありがとう」

「え……」

「その……あのリュックの中、大事な……ものが入ってて。それがなくなると困るところだったんだ」

言葉を濁しながら、でも嘘をつかないように新は一言一言丁寧に話してくれる。

「俺、諦め癖……っていうのかな。『ああ、しょうがないや』ってよく思っちゃって。あの時も、そんな感じでさ」

「ん……」

「だから旭が諦めちゃダメだって言ってくれてビックリした。なんで俺がもう無理だって思ったこと、わかったんだろうって」

必死で言葉を紡ぐ新をじっと見つめる。何かを伝えようとしているのが、わかるから。

「……ああ、もう！　やっぱりダメだ！」

突然大きな声を出すと、新は覚悟を決めたように私を見た。

「本当は諦めなきゃいけないことがあって。どうしようもないことで。でも、何回考えても諦められなくて……。諦めたと思ったはずなのに、正反対の行動をしている自分がいて。

そんな自分が許せなくて……」

「新……」

諦めないということが、諦めることよりもどんなに苦しいことか新はわかっているんだ。

新だけじゃない。私にとっても、どんなに苦しくて、どんなに辛《つら》いことになるのか。

なら、また諦めてしまうというのだろうか。

この先の未来も──私たちが過ごすはずだった、日々すらも……。

そんなの──。

「でも旭が！」

嫌だ、と言おうとした私の言葉を新は遮ると、さっきと同じように私の手を握りしめた。

「──でも旭が、諦めないでって俺に言ってくれたから……。だから……だからもう少しだけ、待っててほしい」

「え……？」

「俺がきちんと自分に向き合って、自分が本当はどうしたいのか、その覚悟ができたらもう一度、旭とこうやって二人で話がしたい」

握りしめていた手に力をこめると、新はさっきまでよりも近くで私の目を見つめた。

「曖昧な態度でごめん。でも……やっぱり俺、旭のこと諦めたくないんだ！」

「あら、た……」

こんなふうにまっすぐ私を見つめてくれる新の姿を、今まで見たことがあっただろうか。

三年前とは違う。

私たちは、あの時とは違う関係を築き始めている。

きっと――新しい関係を、今の私たちなら築くことができる。

「大丈夫だよ」

「旭……」

「私、ちゃんと待ってるから。だから……」

「ありがとう」

そう言うと新は、私の腕を自分の方へと引き寄せた。

「きゃっ……！」

体勢を崩した私の身体は、新の腕の中へと吸い込まれる。

新は私の身体を――そっと抱きしめた。

錯覚だったんじゃないかと思うぐらい、一瞬。

けれどその瞬間、確かに私の身体は、新の温《ぬく》もりを感じた。

「……戻ろうか」

身体を離した新が恥ずかしそうに言う。

「うん……」

小さく頷くと――どちらからともなく手を繋《つな》いで、私たちは元来た道を二人で一緒に歩き始めた。

空には輝く無数の星たち。

今も過去も変わらない光が、私たちを優しく見つめていた。

第三章

「よーし、それじゃあこれで解散！」

先生の声に顔を上げる。

いつの間にか先生の長い――もとい、ありがたいお話は終わっていたようでクラスごとに解散となっていた。

立ち上がって砂を払っていると、少し離れたところにいる新《あらた》と目が合った。

「………」

新は恥ずかしそうに顔を背けると、隣にいる奏多《かなた》に何かを言われて真っ赤になっていた。

「――新！」

私の声に驚いたようにビクッとなり――観念したように、再びこちらを向いた。

（うーん、まだやっぱりあのままかぁ）

あの後、そっとキャンプファイヤーに戻った私たちだったけれど、新は戻る最中も、戻ってからも、そして帰りのバスの中でさえも終始無言だった。

私と目が合うたびに、目をそらす。

何か言いかけてはやめる。

ただ。私にバレないように、何度も何度も新がこちらを見ていたことを知っていた。

だからだろうか。行きのバスと同じく無言のはずなのに、あの重い空気はそこにはなく
ただただ優しくてむず痒《がゆ》いような照れくさい沈黙が、私たちの間には漂っていた。

とはいえ、このままの状態でバイバイしてしまうのは避けたいわけで。

「……何」

どうすればいいか迷ったような表情の後、覚悟を決めた顔をして私の方へと歩いてきた
新に明るく声をかけた。

「キャンプ楽しかったね！」

「そう、だね」

ぶっきらぼうに言う新だけれど……耳まで赤くなっている姿がたまらなく愛《いと》おしい。

愛おしいけれど……。

「ねえ、新」

「ん……？」

「そんな態度じゃ、あんまり待てないかもしれないよ？」

「えっ⁉」

「……なんて、ウソだよ！」

慌てて声を上げる新はいたずらっぽく笑う私の顔を見ると、安心したのか小さく息を吐いた。焦った顔を見せた後は、もういつも通りの新だった。

「また、明後日《あさって》学校でね！」

「うん……。また、学校で！」

そう言うと、私たちは笑いながら手を振り合った。

◆◆◆

「ん……朝だ」

夢から目を覚ますと、私は過去から今へと戻ってくる。

――目が覚めるたびに、新はもういないのだと涙することもあった。

でも、今日は……。

（新が、前へ進もうとしてる）

少しずつ、でも確かに変わり始めた過去に安堵《あんど》する。

自分自身のことについて、諦めることが当たり前になっていた新が諦めない道を選んでくれた。

（嬉《うれ》しい……。諦めないっていう選択が、新の中に生まれたことが嬉しい）

「そうだ！」

日記帳も、きっとあの悲しい内容ではなくなっているはずだ。

私はこの三日間を思い出しながら、日記帳を開いた。

4月20日・21日・22日

何を書いていいのか、正直わからない。

自分がしたことが……恥ずかしすぎて、文字になんてできない。

帰りのバスの中なんて、恥ずかしくて旭《あさひ》と一言も喋《しゃべ》れなかった……。

そんなカッコ悪い俺だけど……一つだけ。

俺は、旭が好きだ。

旭が好きな気持ちを、俺は絶対に諦めない。

正直、リュックが落ちていくのを見た時、ああ、やっぱりって思ってしまった。

やっぱり俺がキャンプに参加するなんて無理だったんだ……って。

先生に事情を話して親に迎えに来てもらおうか、なんて考えていたら旭がリュックを取りに行こうとしていた。

俺が諦めた俺自身のことを、なんにも知らないはずの旭が諦めないって言ってくれた。

リュックを旭の代わりに取りに行ってくれた奏多も、帰りのバスの中で最後まで一緒に参加できてよかったたって嬉しかったたって言ってくれた。

俺が諦めればそれでいいんだと思ってたけど、実はそうじゃないのかもしれない。

それを気付かせてくれた旭と同じ時間を一緒に過ごしたい。

明日の代休を利用して病院に行ってこようと思う。

これからの、俺の話を聞きたい。

そうしたら、俺……。


「新……っ」

新の気持ちが新の書いた文字を通じて流れ込んでくるようで。

知らず知らずのうちに、涙が溢《あふ》れていた。

「おか、しいな……なんで、泣いてるんだろ……」

『それでも、あいつは死ぬんだ』

「こんなに、諦めたくないって思ってくれるようになったのに……！」

奏多の言葉を消し去るように私は涙を拭うと、再び日記帳に手をかけた。

「今日は休みだし……続きを……」

ページをめくろうとした私の手を止めたのは、スマホにメッセージが届いた音だった。

「誰だろ？」

そこに表示されていたのは――。

「陽、菜……？」

ディスプレイには『辻谷陽菜《つじたにひな》』と表示されていた。

今の陽菜とは新のお葬式で、一瞬会ったのが最後だった。

「どうしたんだろ？」

メッセージを開くとそこには可愛《かわい》いスタンプと一緒に【久しぶりに会えないかな？】と書かれていた。

「ちゃんと会うのは久しぶりだね」

「うん、そうだね」

駅前の少し賑《にぎ》やかなカフェで待ち合わせた私たちは、注文をすると席に座った。陽菜は、中学の頃よりも少し大人びた表情をしていた。

「この間、旭の姿を見て何か懐かしくなっちゃって」

それで連絡しちゃった、と陽菜は笑う。

「予定とかなかった？　急にごめんねー」

「ううん、大丈夫だよ。私も陽菜に会いたかったし」

過去の世界ではいつも会っているけれど、今の陽菜にきちんと会うのは久しぶりだ。

近況を報告しながら、私たちは他愛もない話で盛り上がる。学校のこと、陽菜の部活のこと、奏多とのこと。どれも楽しくて、あっという間に時間が過ぎていく——。

「もうこんな時間！」

時計を見た陽菜は慌てた様子で言った。

「今日はありがとう。それとごめんね！　遅くまで引き留めちゃって」

「いいって。気にしないで。陽菜と話ができて、私も嬉しかったよ」

そう言って笑う私に、陽菜も笑った。

また遊ぶ約束をして陽菜と別れると、外は少し薄暗くなっていた。

「んん……こんなに話をしたの、いつぶりだろ」

誰とも話をしていないわけではないし、私にだって他愛もない話をする友人ぐらいいる。

学校で深雪《みゆき》とバカなことを言って笑い合うことだってある。

けれど――あの日記帳をもらってから、今の深雪と話をする時は、どうしても日記帳の話を中心に、過去の話をしてしまいがちで。

だから、日記帳とは関係のない長時間のお喋りは、なんだか久しぶりに感じた。

「陽菜、元気そうだったなー」

新のこととは関係のない、現在の話が中心となった陽菜との会話は、どこか気が楽で。

どこか――寂しかった。

新がいないことが、当たり前の世界の話だったから。

「ただいまー」

家に着くと、リビングにいる家族に声をかけて私は自分の部屋へと向かう。

「晩ごはんはー?」

「済ませてきた」

「もう！　もっと早く言ってよね！」

階段の下から母の怒ったような声が聞こえる。けれど、私は少しでも早く過去へと戻りたかった。

新のいる、過去の世界へ――。

4月23日

病院に来た。
少しずつよくなっていると先生は俺に言った。
頑張ったね、と。

けど、先生と母さんが話していた内容は違った。
先生は母さんに言った。

「1年です。きっと、その頃には決断しなければいけないと思います」

そう、言った。

その後、看護師さんに声をかけられたから続きは聞くことができなかった。
もしかしたら俺は1年後、旭に残酷なことを告げなければいけないかもしれない。
それでも、傍《そば》にいたいっていう気持ちは俺のわがままなのかな。
それでも、今この時を旭と過ごしたいっていう俺のわがままを、
旭は許してくれるかな。

「一年……」

そのタイムリミットの日を、きっと私は痛いほどよく知っている。

ほぼ一年後、中三の三月に私は——新にフラれたのだから。

「過去の新も、知ってて私と付き合ったのかな……」

新と過ごしたあの日々の裏で、そんな覚悟をしていただなんて思いたくはないけれど。

「私がもし知っていたら、新と過ごす時間をもっと大切にできたのかな……」

いくら思っても、過ぎた過去は変えられない。

なら……。

「変えられる過去で大切にすればいい」

そう呟《つぶや》くと私は、今日も新の待つ過去へと旅立った。

◆◆◆

過去の世界で目覚めて携帯の時計を見ると、もうすぐお昼の時間だった。

「休みだからって、寝すぎた……」

うーん、とあくびをすると私は携帯を手にベッドから降りた。

「今日は新は病院、だよね。学校も休みだしどうしよう」

そう思った瞬間、携帯がメッセージの受信を知らせた。

「奏多から……？」

何かあったのかと不安に思いながら、そっとメッセージを開いた。

【今日って暇かな？　少し時間ある？】

「……今日、か」

奏多からの連絡は今も過去もいつだって突然だ。

【おはよう、今日大丈夫だよ。どこに行けばいい？】

送信ボタンを押して携帯を閉じる。

とりあえず服でも着替えよう、そう思って携帯を机に置こうとすると再び震えた。

【学校の近くの公園に二時に待ち合わせで大丈夫かな】

奏多からの連絡にわかったと返事を送ると、今度こそ携帯を机に置いて準備を始めた。


「待たせてゴメン！」

「大丈夫、俺も今来たところだから」

そう言うと奏多は、上っていた滑り台の上から滑り降りてきた。

「ふふふ……」

「どうしたの？」

「奏多、その滑り台好きだね」

「…………」

私の言葉に、奏多は眉間に皺《しわ》を寄せる。

「どうかし……」

「何こいつ、って思ったら笑い飛ばしてくれていい。どうしても気になっていることがあるんだ」

「え……」

真剣な表情の奏多に、私はドキッとする。

私はその顔を、知っている。つい最近、その顔を見た気がする。

あれは……。

「……君は、今の俺らの時代の君じゃない。──違う？」

「かな、た……？」

「旭、君は──新の日記帳を持っているんじゃないのか？」

奏多の言葉に私は、どう返答するのが正解なのか。誤魔化すのがいいのか、本当のことを言うのがいいのか。ぐるぐるぐると思考が回って答えが出ない。

「そうだとすれば辻褄《つじつま》が合うんだ。新のリュックのことにしても、どうしてあんなに必死になっていたのか。出会ったばかりの新の家までどうしてわざわざノートを届けに行ったのか。どうして俺がこの滑り台を好きだって思ったのか」

「…………」

「何も言わない、か」

後ろに見える滑り台を一瞬目を細めながら見ると、奏多は再び私を見た。

「じゃあ、質問を変える。──今の君が、新の日記帳を持っているということは君の時代の新は、死んだのか？」

「……っ！」

「正解、だね……」

私の動揺を見逃すような奏多ではなく……。

全てを悟ったとばかりに、小さく首を振った。

「やっぱり、そうなんだね……。それで旭、君が過去を変えるためにここにいる。そうなんだね」

──隠せない。

隠し通せない。

そう思った私は、小さく頷《うなず》いた。

「…………」

なんと言っていいのかわからず黙っている私を、奏多が無言で見つめる。

沈黙を破ったのは、奏多の小さなため息だった。

「はあ……。あのさ、別に俺は咎《とが》めるつもりはないよ」

「え……？」

「俺……たちだって、人のこと言える立場じゃないから」

苦々しく奏多は言う。

「──でも、賛成もしない。旭、君が何をしようとも俺は関わらない。ただ……」

「ただ……？」

奏多は私の方へと一歩踏み出すと、言った。

「新にだけは、気付かれないようにしてほしい」

「え……」

「俺たちは死が変えられないことを、知っているんだ……。未来の旭がここにいることを知ったら、新は──」

「奏多……？」

「なんでもない。……約束してくれる？　絶対に、新には……」

真剣な表情で奏多は言う。

「──わかった。絶対に、気付かれないようにするよ」

「約束だよ」

「うん、約束」

「……信じるよ」

私の言葉に、奏多は表情を崩す。

「けど、さっき言った通り俺は、旭が過去を変えようとすることに関わらない。いい意味でも悪い意味でも」

「うん」

「……だから」

緊張した表情でいる私に優しく微笑《ほほえ》みかけると、奏多は言った。

「今まで通りだ」

「奏多……」

「まあ、新が無茶しないように見守る人間が増えて俺も助かるしね」

「……新、愛されてるね」

「幼馴染《おさななじみ》ですから」

そう言うと奏多は、小さく笑った。そして、私の顔を真剣な表情で見つめる。

「旭、君もだよ」

「え……？」

「君にも俺は、傷ついてほしくない。旭だって大切な友達なんだ。だから、あまり無茶しないようにね」

「うん……。ありがとう」

奏多の優しさが痛いほど伝わってきて、胸が苦しくなった。


「つか、れた……」

奏多と別れて家に帰ると、私はベッドに寝転がった。

「否定、するべきだったのかな……」

奏多との話を思い出しながら、一人呟く。

「でも、あんなに真剣な顔した人に嘘《うそ》をつくなんて……」

しかも、相手は奏多だ。

日記帳のことも、過去へと戻れることも知っている。

「はぁ……。でも、奏多と約束したんだから。新には、絶対隠し通さないと」

奏多の話だと、新もあの日記帳の秘密は知っているはずだ。

「あれ……？　じゃあ、なんで……」

なんで新はあの日記帳に、日記を書いたんだろう。どうして私に、あの日記帳を渡したんだろう。

──考えても考えても、答えは出なかった。

◆◆◆

4月23日

病院に来た。
少しずつよくなっていると先生は俺に言った。
頑張ったね、と。
けど、先生と母さんが話していた内容は違った。
先生は母さんに言った。
「1年です。きっと、その頃には決断しなければいけないと思います」
そう、言った。

その後、看護師さんに声をかけられたから続きは聞くことができなかった。
もしかしたら俺は1年後、旭に残酷なことを告げなければいけないかもしれない。
それでも、傍《そば》にいたいっていう気持ちは俺のわがままなのかな。
それでも、今この時を旭と過ごしたいっていう俺のわがままを、
旭は許してくれるかな。

ねえ、旭。
いつか君がこの日記帳を見て
俺がどんなに君を好きだったか
知る時が来るんだろうか。

もしあの時の俺たちと同じことが起こるとしたなら……。
この日記帳の秘密を知った時、君を苦しめてしまうかもしれない。
変えることができない過去に辛《つら》い思いをするかもしれない。

けど、俺がどれだけ幸せで
どれだけ旭のことが好きだったかが

君に伝わるといいな。

俺は、明日

旭に好きだって伝えます。

目が覚めて日記帳を見ると、日記の内容が増えていた。それは、まるで私の疑問に対する答えのようで。

——そんなことができる人を、私は一人しか知らなかった。

(俺は関わらないって言ってたのに……)

新に、何か言ってくれたのだろうか。

「ありがとう……」

優しい過去の友人に、私は届かない感謝の言葉を呟《つぶや》いた。

「——それじゃあ」

私は続けて日記帳のページをめくる。

「ここから、私たちは始まるんだ」

夢の続きを見よう。

そして、君に会いに行こう。

もう夢の中でしか会えない——愛《いと》しい、愛しい君に。

4月24日

旭に告白した。
生まれて初めての、告白。
旭の気持ちは聞いていたけれど、それでも緊張した。
こんな想《おも》いをあの時の旭もしていたのか。
もう二度と傷つけない、なんて言えないけれど……。
その日が来るまで、旭を大切に大切にするから。
ずっと、俺の傍にいてください。

◆◆◆

目覚めると、私はまた過去の世界へと戻ってきていた。

いつものように、携帯を見ると『4月24日　水曜日』と表示されていた。

「学校に、行かなくちゃだね」

私は準備をして家を出る。いつもより少し早い時間。

なのになぜか、新がいる気がした。

「おはよう」

「……おはよう」

教室に入ると、やっぱりそこには新がいた。

「今日、早いね」

新の方へと近づくと、私は普段通りを装って声をかける。

「ん……。旭はいつもこの時間？」

「いつもよりちょっと、早いかな？」

「そっか……」

いつもとは違う雰囲気に、上手《うま》く会話を繋《つな》げることができない。目の前の新も、緊張しているのがわかる。

沈黙が私たちを包む。そのまま何も言えずにいると、教室のドアが開く音がした。

「おはよー、二人とも早いね」

「あ、うん……」

入ってきたクラスメイトに挨拶をすると、さっきまでの空気が壊れるのを感じた。

「……おはよ」

——仕方なく私は自分の席へと向かおうと、新に背中を向ける。

「……っ!」

「え……?」

次の瞬間、私の手は新に掴《つか》まれていた。

「あら……た?」

「……行くよ!」

そう言うと新は……私の手を掴んだまま、教室を飛び出した。

教室から駆け出した私たちは、階段を上り屋上の扉を開く。

「あはははは!」

「あ、新?」

「不思議だ! 旭とだったらなんだってできそうな気がする!」

肩で息をしながら、新が笑う。

走っても大丈夫なの? その一言をかけることができない立場がもどかしい。

代わりに私は、息が整わない新の背中をそっと撫《な》でる。

「ごめっ、大丈夫」

その手から逃げるように大きく伸びをすると、新は私の方を見た。

「旭」

「……はい」

「この間は泣かせちゃってごめん」

「ううん……」

さっきまでの笑顔とは違って、緊張した面持ちの新が一呼吸置くと私の手を握りしめた。

「この間、言えなかった言葉を言わせてほしい。……俺は、旭が好きです。旭の笑顔を見ていると、どんなことだって乗り越えられる気がする。旭と一緒なら、世界が輝くんだ」

「新……」

「これから先、泣かせることもあるかもしれない。傷つけることも喧嘩《けんか》することもあるかもしれない。それでも俺は、今も今までもこれからも……ずっとずっと旭のことが大好きです」

「……っ」

言葉にならない。私の瞳からは涙が溢《あふ》れ出て、何か喋《しゃべ》ろうとすると嗚咽《おえつ》となってしまう。

「……また泣かせちゃった」

「うっ……ううっ……」

「大事にするから、旭……俺の彼女になってくれますか？」

声にならない声を出しながら新の顔を見ると——涙でぐちゃぐちゃの私を見て、小さく笑った。

「……返事は？」

「私も……新が大好き！」

そう言った私の身体《からだ》を、新はギュッと抱きしめた。

そして、耳元で小さな声で囁《ささや》いた。

「大切に、するよ」

新からの二度目の告白は

とても優しくて

とてもあたたかくて

胸が締めつけられそうに、苦しくて、悲しくて

涙が出るほど嬉《うれ》しいものでした。

「ひっ……くっ……あらっ……」

「ひっく……うう……」

「旭……そろそろ泣《な》き止《や》まないと……」

「う、うん……」

新の胸元を涙でびしょびしょにしてしまった私に、ポケットに入っていた皺《しわ》くちゃのハンカチをそっと差し出してくれた。

「これ、その、ちゃんと洗ってあるから……」

「ありがとう……」

渡されたハンカチからは、ふんわりと懐かしい匂いがした。

「あ……」

「え？」

（新の、匂いだ——）

あの頃の記憶を、唐突に——でも鮮明に思い出す。

抱きしめられた時、二人並んで座った時、新と——キスをした時……。

どの瞬間も、この匂いに包まれていた。

「っ……ひぅ……あら、た……」

「あ、旭!?　大丈夫!?」

止まりそうだった涙が、再び次から次へと溢れてくる。

（ああ、そうか……）

過去の思い出と、二度目の過去が今ようやく繋がったのだ。

「だい、じょうぶ……」

「本当に……？」

「うん。──新、私……新のこと大好きだからね」

「旭……？」

私の言葉に新は一瞬困った顔をしたけれど──俺もだよ、と微笑《ほほえ》みながら頷《うなず》いた。

屋上から二人で教室に戻ると、なぜか私と新のことがクラス中に知れ渡っていた。

「なっ、えっ……ええぇっ!?」

「手、繋いで二人で教室から出て行ったんでしょ？　そんで二人してあの雰囲気で帰ってきたらそりゃバレるわよ」

「おめでと！　旭、よかったね！」

「……ありがとう、陽菜」

新の方を見ると、同じように奏多や他の友人たちに囲まれていた。

（あ……）

目が合った。

……奏多と。

「（よ　か　っ　た　ね）」

声には出さず、そう言っているのが見えた。

「(あ　り　が　と　う)」

同じように声に出さずにした返事に気付いたのか、奏多はニコッと笑うとまた新の方を向いた。

――放課後、ちょっと落ち着かない気分でそわそわしていると、恥ずかしそうな顔をした新が私の席にやってきた。

「旭……その……」

「な、なに？」

「……一緒に、帰ろ？」

「……うん」

教室にいるみんなが私たちを見てニヤニヤしている気がする。誰も何も言わないけれど、なんとなく教室の雰囲気がそんな感じだ。

「ホント見てらんないわ……」

「いーなー！　放課後デート！　私も……」

「誘ってみたら？」

「無理！」

特にこの二人は……。

「ねえ、おもしろがってない⁉」

「失礼な！　ねえ、深雪ちゃん！」

「そうよ、私たちがどれだけ心配してたか……」

「それを旭ったらひどい……」

「え、あ……ご、ごめん……」

思わず言ってしまった私に、二人は悲しそうな顔をする。

（そうだよね……気にかけてくれてたんだよね……）

「まあ」

「おもしろがってるけどね」

「……もう！」

声を合わせて言う深雪と陽菜に怒ってみせると、もう一度二人は笑った。

「まあまあ、そう怒らないで」

「そうよー、ほら新が寂しそうな顔をしてそこで待ってるよ」

「あ、新！　ごめん！」

慌てて振り返ると、困ったような顔をした新がそこにはいた。

「や、大丈夫。……でも二人とも、あんまり旭をからかわないでね」

「はーい」

「はーい」

「──それじゃあ、行こっか」

そう言って新は私の手を取ると、二人で教室を出て行った。

「あ、新……？」

「…………」

「新さーん……？」

「あああ！　緊張したあああ！」

「へ？」

校門を出てしばらく歩くと、繋いでいた手を離し、突然新はしゃがみ込んだ。

「どうし……」

「俺、変じゃなかった？　なんか朝からふわふわしてドキドキしすぎてもうわけわかんなくって。さっきも旭が困った顔してたから、俺がなんか言わなくっちゃって思って。でも、よく考えたらあんなの友達同士のじゃれ合いだよね？　俺、余計な口出ししちゃった!?」

「……ぷっ」

「へ？」

「あははははははは」

焦った表情の新を見て、思わず私は……噴き出してしまう。

「な、なんで笑ってんの⁉」

「あ、新が……可愛《かわい》くて……」

笑いが止まらない私に、不服そうな表情を向ける。

「可愛いって……！　俺は真剣に……！」

「大丈夫だよ」

「え……」

「新のそういうところも、大好きだよ」

「なっ……！」

唐突な私の告白に、顔を赤く染める新。

(それに……)

「もし二人が変に思ってたとしても、多分奏多がフォローしてくれてるよ」

「……そっかな」

「うん！　だって新、奏多に愛されてるもん」

そう言う私に新は、心底迷惑そうに笑った。

「それじゃあ、行こうか？」

さっきと同じ言葉を、新は繰り返す。

「どこに？」

「どこって……」

思わず聞き返した私に、

「わざと……？」

小さな声で何か呟《つぶや》いた後、もう一度私の手を握り新は言った。

「初デート！」

「っ……うん！」

顔を見合わせて笑い合うと、私たちは手を繋《つな》いだまま歩き始めた。

ここから、私たち二人の新しい物語が始まる。

初デート、といっても放課後じゃあ行けるところも限られていて。

「ホントにここでよかった？」

「うん、クレープ美味《おい》しいよ！」

以前来たクレープ屋さんでクレープを買って、ベンチで並んで食べていた。

「せめて映画とか……そうじゃなくてもこうもうちょっと……」

「うーん、でも制服で映画館とか行くとすぐ学校に連絡いっちゃうし。一回家に帰ると時間ないしね」

「そうなんだよなー、ホントごめん！」

頭を抱える新に、思わずクスリと笑ってしまう。

「——何？」

「新、可愛い」

「っ……！」

顔を上げた新は真っ赤な顔をして私の方を見た。

そして——。

「可愛いのは旭なの！」

キュッと私の鼻をつまむと——恥ずかしそうに言った。

「そろそろ帰らなきゃだね……」

「——そうだね」

手の中のクレープはとっくに食べ終わり、だんだんと辺りは暗くなってきていた。

「帰りたくないなー」

思わず出てしまった言葉に、慌てて口を手で押さえるけれど——隣には真っ赤になった新の姿があった。

「ち、違うからね!?　そういう意味じゃなくて……！　その……」

「うん、わかってる――」

「え……？」

夕日に照らされながら、どこか寂しそうな顔をした新がそこにはいた。

「この時間が幸せすぎて……俺も、帰りたくない」

どこにも行けないのはお互いわかっている。けれど――この時間がそう長く続かないことも、私たちは知っている。だからこそ握りしめたこの手を、離しがたいのだと思う。

「でも、帰らなきゃ……ね」

「うん……」

繋いだ手を、もう一度ギュッと握りしめると私たちは、どちらからともなく立ち上がり帰り道を歩き始めた。

◆◆◆

目を覚ました私は新の日記帳を読み終えると――パタン、という音を立てて日記帳を閉じる。

「やっと、ここまで来たんだ」

過去の私たちが、ようやく両想《おも》いになれた。

「――ここから、だね」

このままだときっと、過去の焼き直しになってしまう。だから、私は新の内側に入っていかなければいけない。

「きっと、チャンスはあるはず」

私が気付かなかっただけで、病院にだって行っていたはずだ。

薬だって飲んでいたはず。

学校だって……。

「そういえば、私と付き合い出してからは新が学校を休んだのって、一回だけだった気がする……」

いつのことだったかは忘れてしまったけど、二、三日風邪をひいたと言って休んでいた時があった。

あの時は気付かなかったけど……。

「……どうして、あの時変だって思えなかったんだろう」

気付けていたら、あの時、何かが変わったかもしれないのに。

「今度は、気付くんだ」

前回と同じ失敗は決してしない。

そう心に誓うと私は、今の私が行くべき学校へと向かうための準備を始めた。

「──という感じだよ、っと」

報告メッセージを奏多へと送る。

返信はすぐに来た。

【日記見たから知ってる。よかった。ここからだね】

「あ、そっか。奏多の日記……」

奏多の目には私たちはいったいどんなふうに映っていたんだろう……そんなことを考えていると、先生が教室へと入ってきたのでスマホをポケットにしまった。

昨日のことを思い出しながらボーッとしているうちに、授業が終わってしまった。次の授業の準備のために、机の上の教科書を片付けようと視線を落とすと、誰かに呼ばれた。

「旭」

「深雪？」

そこには深雪の姿があった。

「上手《うま》くいったの？」

心配そうな深雪に微笑《ほほえ》むと、安心した表情を見せた。

「よかった……」

「ありがとね」

「——私は何もしてないわよ」

そう言って深雪は笑う。

「私の記憶の中のあんたたちは、あの日までいつだって仲良く笑ってたんだから。だから……あんたの悲しい顔なんて、忘れさせてくれるならその方がいいわ」

「深雪……」

「だから、そんな顔しないの」

「うん、ありがとう」

こぼれそうになった涙を必死に拭うと、私は目の前にいる優しい親友に微笑んだ。

「よし、続きを読むぞ……」

眠る準備をして、私は机に向かう。

まるで日課のようになった新の日記帳を今日も私は開く。

——こうやって新も日記帳に向かっていたのかな、なんて想像しながら。

4月25日

今日から旭と一緒に登下校することにした。

と、いっても校区が違うからほとんど一緒の時間はないんだけど……。

でも、一緒に行くと朝の授業が始まるまで一緒にいられる。

一緒に帰るから放課後も一緒にいられる。

……それが嬉《うれ》しい。

奏多はそんなにずっと一緒にいたらすぐに飽きるぞ、なんて言うけど……。

少しでも長い時間、旭と一緒にいたい。

少しでもたくさんの時間を旭と共有したい。

少しでも……。

「新……」

少しでもたくさんの時間を一緒にいたら、前よりもっと新に近づくことができるのかな。

「そうだと、いいな……」

日記帳を閉じると、いつものようにベッドに入る。

「あれ……」

目覚ましを確認するためにスマホのディスプレイをオンにした私は、一通のメッセージに気付いた。

「奏多……？」

そこには、一言だけ。

【いちゃつきすぎないように。筒抜けだよ】

そう、書かれていた。

「い、いちゃつきすぎてなんか……！」

思わずスマホに向かって言い返したものの、その声は奏多に届くわけもなく。

「もう！」

怒ったような顔のスタンプだけ送信すると、私はアプリを閉じた。

「あまり恥ずかしいこと書かないようにあっちの奏多に言っとかなくちゃ」

今よりも少し幼い顔をした友人の姿を思い浮かべながら、過去で待つみんなの元へと向かうために——私は眠りについた。

◆◆◆

目が覚めて準備をして家を出る。

いつもと同じ行動を、今日もまた繰り返す。

でも、いつもと違うのは……。

「いた……」

新と私の家の中間地点の神社の階段の下に、手持ち無沙汰な様子の新が立っていた。

待ち合わせ時間の十分前、少し早めに着いた私よりもさらに早く来ていたようで……。

（なんか……照れくさいな、こういうの）

携帯を開けてみたり、セットした髪の毛を引っ張ってみたり、キョロキョロと辺りを見回してみたり……。

（あ……）

「……おはよ」

「おはよう」

こっそり見ていた私に気付くと、新は小さく手を振った。

「早いね」

「……今来たところだよ」

（嘘《うそ》ばっかり）

ふふ、なんて笑った私を不思議そうな顔で新は見ていた。

「行こうか？」

「うん」

ほんの少し距離を空けて、私たちは歩き始める。

手を伸ばせば届きそうで届かない。

(あと、ほんの少しなんだけどな……)

そんな私に新は気付くこともなく、嬉しそうにこちらを向いて話し始める。


「昨日あの後、何してた?」

「なんのテレビが好き?」

「兄弟姉妹《きょうだい》とかっている? え、俺? 俺は兄ちゃんが一人いるよ」

手を繋《つな》ぐことはできなかったけれど、他愛のない会話をしながら二人で歩く——この瞬間がたまらなく愛《いと》おしい。


「あの後は、深雪に電話で報告してた!」

「音楽番組とかよく見てるよ」

「私は妹が一人。え、お姉ちゃんっぽい? 新は弟っぽいよね」

離れていた距離を一気に縮めようとするかのように、互いのことをどんどん話していく。

家族のこと、好きなテレビ番組、あの先生が好き、実は辛い物が苦手……。

そんなふうにお互いのことを言い合っていく中で、ふとした瞬間に新が真面目な顔になった。

「――旭はその、なんで俺のこと好きになったの？」

「え……？」

「いや、えっと……。ゴメン、なんでもない！　忘れて！」

赤くなった顔を学ランの袖で隠すと、新は慌てて誤魔化した。

「ちょっと気になっただけで、全然気にしないでくれて大丈夫だから！」

「――優しいところも好きだし」

「え……？」

「ちょっと照れ屋なところとか、頑張り屋なところとか……。自分のことを放っておいても周りのことを気にしちゃうところとか」

言い足りない。

こんな言葉じゃ言い尽くせないぐらい好きなところはたくさんあるのに。

（もっと、もっと伝えたい。私がどれだけ新を好きなのか……）

けれど、目の前で顔を真っ赤にして固まってしまった新を見ると……可笑《おか》しくなってそれ以上続けられなくなってしまった。

だから、最後に一つだけ。

「そんな新が抱えてるたくさんの荷物を、私も一緒に持って隣を歩いていきたいって、そう思ったんだ」

「……旭？　それって……」

「つまり……大好きってことだよ！」

「……っ！　ストップ！　もう、その辺で……」

顔を手で隠してそう言うと、新はその場にしゃがみ込んでしまった。

「あーらた……？」

覆われた手の隙間からは……頬を真っ赤に染めた新の姿が見えた。

「……旭って意外と意地悪だよね」

「そう、かな……？」

「そうだよ」

「ご、ごめん」

慌てて謝る私に、顔を上げると新は言った。

「でも、そんなところも好きだよ」

「なっ……！」

「仕返し……なんちゃって」

もう！　と声を上げる私に、いたずらがバレた子どものような顔をして新は笑った。

ひとしきり笑った後で立ち上がると、新は私に手を差し出した。

「はい、どうぞ」

そう言った新の手を握りしめ立ち上がった私は、

「──ありがとう」

と言ったまま、その手を離せずにいた。

そんな私に新は、繋いだ手をギュッと握りしめると小さな声で言った。

「……このまま繋いでいてもいい、かな？」

「も、もちろん！」

「よかった！」

ホッとした顔でニコッと笑うと、もう一度ギュッと握りしめて新は歩き始める。

手を繋ぐと歩調が揃《そろ》って、一緒に歩いてるんだって感じが凄《すご》くする。

それがなんだか、嬉しくてくすぐったい。

「どうしたの？」

「え……？」

「や、笑ってたから」

「んっと……嬉しいなって思って」

「──俺も！　嬉しいよ」

そう言ってまた微笑《ほほえ》み合った私たちの後ろから、誰かの声が聞こえた。

「あれ、どうにかならないの？」

「付き合い始めた翌日でしょ。そりゃ無理よ」

「学校行ってもあの調子なのかな……。ね、俺あれ蹴ってもいいと思う？」

「旭はダメよ？　蹴るなら新にしてね」

「おっけい☆」

聞き覚えのある声に思わず振り返ると……新の背中に飛びかかろうとしている奏多と目が合った。

「おは……よう？」

「──バレちゃった」

「あら、残念」

奏多の後ろから深雪が顔を出す。

「深雪もおはよう」

「おはよ。朝っぱらからいちゃついてるの、みんなに見られてるわよ」

「いちゃついてなんか……！」

慌てて否定しようとする新に、深雪と奏多がニヤリと笑った。そして……。

『嬉《うれ》しいなって思って……！』

『俺も嬉しいよ……！』

「お前ら！」

「二人とも！」

私たちの声色を真似《まね》る深雪と奏多に新と二人して抗議をすると、その姿を見て深雪たちがまたニヤニヤしているのが見える。

「いいじゃない、付き合ってるんでしょ？　じゃあ、ギスギスしてるより全然いいわ」

「そう思うんなら茶化すな！」

「それはそれ」

「これはこれ」

「なんだよそれー！」

深雪と奏多が笑う。

そんな二人を見て、私たちもつられて笑った。

平和で、楽しくて、幸せで。

そんな過去のひと時を、なんの疑いもなく、私は過ごしている。

そんな過去のひと時が、この先もずっと続くことを願って。

――昼休み。ざわつく教室で私たちはご飯を食べていた。

「だから、今日の帰り……」

「わかった！　じゃあ、帰りにね」

私の言葉に、新がニッコリと笑って頷《うなず》く。

その後ろで、不服そうな声が聞こえる。

「帰りにね！　だって」

「いいじゃないの」

「いいけどー。新が俺のこと構ってくれないからつまんなーい」

「つまんなーいってあんた……」

呆《あき》れたような深雪の向こうには、頬杖《ほおづえ》をついた奏多の姿があった。

「か、奏多も一緒に行く？」

「え、いいの!?」

「ダメ！」

嬉しそうな奏多の声を遮ったのは、新だった。

「旭は俺とデートなの。奏多は今度ね」

「ちぇー」

「私は、いいよ……？」

「俺が！　嫌なの！」

「はい……」

少し頬を赤くしながら言い切る新の姿に、私は何も言い返せなくなる。

「それとも……旭は奏多も一緒の方が、いいの？」

「そんなことないよ！　私も……新と二人が、いいです」

「じゃ、決まりね」

「うん！」

嬉しそうな新の姿を見ると、なんだか私まで嬉しくなってくる。

微笑む新に微笑み返すと、胸の奥が温かくなるのを感じた。

「ねえ!?　俺今すっごい傷ついたんだけど!?」

「自分から馬に蹴られに行くからよ。バカね」

「可哀《かわい》そうだけど、今のはしょうがないよね」

「ひでー！」

笑う深雪につられて私たちも笑う。そんな私たちを見て奏多も陽菜もみんな笑った。

◆◆◆

目が覚めて、日記帳を確認する。……けれども、特に中身に変化はなかった。
本当はこれじゃダメなのかもしれない。でも、新が楽しそうだから……。
そう思いながら、そっと日記帳を閉じる。
——そして、夜になると再び日記帳を開いた。

◆◆◆

4月26日
今日も旭と放課後デート！
俺……あんなの初めて撮った！
女子ってすっげーのな！
今度奏多にも撮らせたい！　目キラッキラになってビックリするだろうなー！

「ううええ!? 何これ!?」

「ほら、ここ! 新、カメラここだよ!」

「ど、どこ!? 画面見たらダメなの!?」

パシャッという音とともに、フラッシュの光に包まれる。

「うわ! 俺変なところ見てる! 目デカッ! 旭めっちゃ可愛《かわい》い!」

「あはは、もう一回撮る?」

「撮る撮る! 初めて撮ったけどおもしろいね!」

放課後のゲームセンターで、新と二人。キャーキャーとはしゃぎながら、二人で何回も写真を撮った。

「次が最後の一枚だよ」

「……………」

「新……?」

『――ポーズを決めてね 3…2…――』

「ほら、もうす……」

『――1……パシャッ――』

「なっ……なっ……!」

「誰にも見せちゃダメだよ?」

「み、見せらんないよ……」

頰に触れた感触が忘れられず思わず手で押さえる私を見ていたずらっ子のような顔をして笑う新だったけれど、耳まで真っ赤になっていることに気付いてしまった。

そして、その後の落書きコーナーで画像が大きく映し出されると……真っ赤な顔をした新が慌てて印刷ボタンを押すのを見て、私は笑ってしまった。

そんな私に新も、恥ずかしそうな顔をして笑ってみせた。

◆◆◆

4月27日
今日は午後から旭と映画に行った！

動物ものなんて寝ちゃわないかなって心配だったけど、気が付けば旭より俺の方が泣いていた。

ポチがご主人様と会えてよかった…！

終わってからは二人でカフェに行ってお喋《しゃべ》りして解散！

明日も遊ぶ約束したしどこに行こうかな！

◆◆◆

「あ、新……大丈夫？」

「だいじょ……ぶ。ごべんね……」

「新……」

大粒の涙を流す新に、用意してあったハンカチを渡すと必死で涙を拭っていた。

「感動ものとか別にだったのに、なんでだろ……」

「でも、すっごくいい映画だったよね！　最後なんて特に！」

「だよね！　ポチがご主人様と出会えてホントよかった！」

そう言って、新はキラキラした目で笑う。

「あっ、と……今からどうしよっか？　その、まだ一緒にいたいんだけど、さ」

「え、あ……じゃあ、そこのカフェとかどうかな……？　この間、深雪と行ったんだけど雰囲気がよくって」

「そしたら、そこ行こうか！」

「うん！」

歩き始めると、新はポツリと呟《つぶや》いた。

「ゴメンね……その、なんか俺ぜんっぜん余裕なくって」

「え……？」

「もっとこうスマートに行きたいんだけど……。ほら奏多、みたいに。でも、旭の前だといっぱいいっぱいになっちゃって……」

「新……」

「ダメだな俺って！」

（そんな顔して、笑わないで……）

切なげに笑う新が愛《いと》しくて、その手をギュッと握りしめると、私は言った。

「私は、新がいいよ。スマートじゃなくたって、いっぱいいっぱいだっていい！　新だから一緒にいたいよ。新が好きなんだよ」

「旭……」

「——なんて！　私も、一緒。いっぱいいっぱいだね」

もう一度、新の手をギュッと握りしめると私は笑った。

「いっぱいいっぱい同士……ゆっくり進んでいけばいいんだよ」

「そう、かな」

「そうだよ！　まだまだ始まったばかりなんだしね」

「そっか……」

安心したように笑う新に、私も小さく微笑《ほほえ》んだ。

◆◆◆

4月29日
朝起きて、今日も旭に会える！　って思うのが嬉《うれ》しい。
旭に会って、「おはよう」って声かけてもらうのが嬉しい。
一緒に帰って、「また明日」って言い合うのが嬉しい。
夜眠る前に、朝になったらまた旭に会えるって思えるのが嬉しい。
些細《ささい》なことが、全部全部嬉しい。

「ふふ、新ったら……」

この数日、毎日過去の世界で新と一緒に楽しい日々を過ごしていた。

喧嘩《けんか》をすることもなく、すれ違うことも悲しくなることもなく、ただ幸せで、優しい日々を過ごしていた。

——だから、忘れたふりをしていた。

この過去の続く先に、幸せなど待っていないんだという事実を。

今この世界に、今もなお新が、存在していないということの意味を。

◆◆◆

「朝だ」

目が覚めて携帯電話を確認する。そこには『4月29日　月曜日』と表示されていた。

「あ……そっか、今日って」

日付の下に小さく表示された英文を見て気付く。

「私の……十五歳の誕生日だ」

十八歳の私の誕生日はとっくに過ぎたけれど、こちらの世界では今日が私の十五歳の誕生日だった。

「誕生日おめでとう、十五歳の私」

三年前の誕生日はどう過ごしていたっけ……。そんなことを考えながら私は、祝日にもかかわらず公開授業のせいで登校日となった学校へと行く準備を始めた。

「おはよう！」

「おはよう」

今日も新との待ち合わせ場所に着くと、すでに新が来て待っていた。

「いつも早いね」

「…………」

この前と同じように「今来たとこだよ」なんて言い返されると思っていたけれど、新はなぜか少し恥ずかしそうに俯《うつむ》いてしまう。

「──旭に会えるって思ったら、我慢できなくて早く来ちゃった」

「っ……！　そう、なんだ……」

「変、かな？」

「ううん、その……ありがとう」

「なんのお礼だよ」

そう言って新が笑うから、私もつられて一緒に笑った。

「それじゃあ、行こうか？」

「う……」

「あーさひ！」

歩き出そうとした私の腕に何かが絡まり、思わず声を上げてしまう。

「ひゃっ！」

「おはよ！」

「み、深雪!?」

「旭、誕生日おめでとう！」

「え、あ！　ありがとう！」

そう言うと深雪は小さな紙袋を手渡してくれる。

「お邪魔かなーって思ったんだけど、学校じゃ先生に何か言われても嫌だし」

「邪魔なんかじゃないよ！　とっても嬉しい！」

「そう？　ならよかった」

そう言ってホッとしたような表情で深雪は微笑む。

「え、旭って……」

そんな私たちに慌てた様子の新が声をかけようとする——けれど、それもまた誰かの声によって遮られた。

「あーっさひ！　ハッピーバースデー！」

「奏多!?」

「はい、これプレゼント」

そう言って奏多は手に持っていたコンビニの袋を手渡してくれた。中には見覚えのあるお菓子がいくつも入っている。

「何がいいかわからないから、好きそうなの適当に買ってきちゃった」

「ありがとう！」

「どういたしまして」

「……深雪はともかく」

「ん？」

奏多に言葉を遮られた新が、青い顔をして口を開く。

「なんで奏多まで旭の誕生日知ってんの……？」

「なんでって……一般常識？」

「どんな一般常識よ」

「新、まさか……」

新の言葉に、深雪と奏多が怪訝《けげん》そうな顔を向ける。

そして私は思い出した。二度目の過去の世界で、新と誕生日について話をした記憶がないことを。

「旭、その……俺、知らなくて……ホントごめん！」

「え、ちょっと新!?」

頭を下げて謝る新に戸惑いながら、助けを求めるように深雪や奏多の方を見るけれど、二人ともしまった、とでもいうような顔をして目をそらす。

「何も用意とかしてないし、そもそも奏多が知ってんのに俺が知らないとか、どう考えても彼氏失格だし……。その、なんて言っていいかわからないけど、やっぱりゴメン！」

「謝らないで……？　その、私だって新の誕生日知らないし！」

今の私は、新の誕生日をまだ知らない。だから、気にしないでほしい──そう伝えるけれど、新は申し訳なさそうな顔のまま私を見つめている。

「旭……」

「私たちまだいっぱいお互いのことで知らないことあるけど……これから知っていけばいいんだよ！」

「そう、かな……」

「だからホント、気にしないで……？」

「……うん」

それでもやっぱりしょんぼりとした顔をする新に、深雪が言った。

「バカね、そんなに気になるんだったら、放課後二人でプレゼント買いに行ってくればいいじゃないの。それでどこかでケーキでも食べて──」

「深雪、ストップ」

名案でしょ？　といった感じで次々に案を出そうとする深雪の言葉を、奏多が遮った。

「新が、『今必死で考えてるのに全部お前が言ったら台無しだろ！』って顔してる」

「……あら、ホント」

「みーゆーきぃぃぃ！」

口をパクパクさせながら怒る新を「はいはい」なんて言いながら深雪は軽くかわす。

当時は知らなかったけれど、三人は本当に仲がよかったんだなぁなんて改めて思う。

……深雪に言ったら、全力で否定されそうだけど。

「――まあそういうことだから、放課後にでも二人っきりで祝ってもらいなさいよ」

「うーん、私は気にしてないんだけど……」

「俺が気にするから！　だから、お祝いさせて？」

「わかった！　ありがとう、新」

「まだなんにもしてないけどね」

そう言うとまだ表情は暗かったけれど、少しだけ新は笑った。

――放課後、隣町のショッピングモールへと新と二人でやってきた。

「何か欲しいものとかあれば……あーっと、違う！　ダメだなー、その授業中とか旭に何がいいかなってずっと考えてたんだけどどれもなんか違くて」

「ふふ……」

新を見ながら自然と笑ってしまっていた私に、新が拗《す》ねたような顔をする。そんな仕草すら可愛《かわい》くて、もう一度笑ってしまいそうになるのを必死で堪える。

「新がそうやって私のこと想《おも》っていろいろ考えてくれてるのが嬉しいなって」

「なに笑ってんの……？」

「旭……」

「どんなプレゼントより、そうやって私のことを想ってくれるのが一番嬉しいよ」

「……とかいって、何も買わせない気じゃない？ ダメだよ！ 絶対に旭の気に入るもの買うんだからね」

「はーい」

そう言って笑いながら私たちは、いくつものお店をあれでもないこれでもないと見て回った。

（この時間が私にとってどれだけ幸福で、どれだけ大切で、どれだけ愛《いと》しいか……新は知らないんだろうな……）

隣で笑う新を見るたびに私の心臓は、嬉《うれ》しさと少しの切なさでキュッと痛んだ。

「これに決めた!」

何軒目かのお店で新が差し出したのは、小さな飾りのついたブレスレットだった。

「可愛い！　これって……葉っぱ？」

「うん、葉っぱをモチーフにした飾りみたいなんだけど……」

「新……？」

言葉を濁しながら、照れくさそうに新は言う。

「その……俺の名前の新って、新緑から来てるんだ。自然の芽吹き……みたいな。だから、その……会えてない時でも、これがあれば俺が傍《そば》にいるよって……ああ！　ごめん！　言ってて恥ずかしくなってきた！　やっぱ他のにしよ！　ね!?」

「やだ」

「え……」

慌てて私の手からブレスレットを取ろうとする新の手から逃げると、私はそれをギュッと握りしめた。

「これが、いい」

「旭……」

「ダメ……？」

「……ダメ、じゃない」

困ったように私を見た後で、新は泣きそうな顔をしながら笑った。

ショッピングモールの中の小さなカフェで、私たちは休憩をすることにした。

「ちょっと疲れたね」

「そうかな？　新と一緒だから全然そんなことないよ！」

「そんなこと言ったって何も出ないんだからね！」

そう言った新は、いたずらっ子のような顔で私を見ていた。

——そして。

「旭、お誕生日おめでとう！」

新がそう言うと、カフェの電気が消えた。

「えっ……ええっ!?」

店内に聞き覚えのある音楽が流れたかと思うと、ショートケーキが二つ、私たちの席へと運ばれてくる。そのうちの一つには、ろうそくが立てられていた。

「おめでとうございます！」

「あ、ありがとうございます……？」

「ほら！　旭！」

ワクワクした目で私を見つめると、新がろうそくの火を消すように促した。

「う、うん……フ──！」

「おめでとうございます！」

「ありがとう……」

店内から拍手が聞こえてきて、どうしていいか分からず苦笑いをしてしまった。

「……あれ？　こ、こういうの嫌いだった……？」

店員さんが去ったのを確認した後で、新が小さな声で聞いた。

「え？　ううん、ちょっとビックリしちゃって！」

「さっき店員さんにろうそくもらえますか？　って言ったらお誕生日ですか？　って聞かれて、お店で誕生日ケーキを頼んでくれた人へのサービスなんですって言うから、つい」

申し訳なさそうな顔をする新に、慌てて私は微笑《ほほえ》む。

「こういうのって初めてだったから驚いちゃっただけだよ。でも、ありがとう！」

「旭……。喜んでくれたならよかった！」

そう言って笑う新を見て、なんだか胸の中が温かくなる。

「食べよっか！」

フォークを握りしめる新を見て、私はもう一度微笑んだ。

他愛もない話をしながらケーキを食べている途中で、何度目かの振動の音が聞こえた。

「……出なくて、いいの？」

「え？」

「電話、さっきから鳴ってるんじゃないの……？」

「ああ……うん、まだ……いいんだ」

そう言うと、新は無理やり話題を変える。

「次の休みはどこに行こうか？　この間みたいに映画もいいよね。五月が来たらピクニックとかもいいなー」

「……そう、だね」

（何か、隠してる……？）

いつもとは違う態度の新に、不安がよぎる。

けど……。

（日記帳には、何も書いてなかったし……考えすぎ？）

眠る前に読んだ日記帳の内容を思い出すけれど、特に心配になるようなことは書いてなかった。むしろ……。

（あれ……こうやって二人で過ごしてることも……書いてなかったんじゃあ……）

どういうことなんだろう……今日のこれは、予定されていなかった出来事……？

もしかして……。

「新……違ってたらゴメンね……？　今日、もしかして何か予定あった……？」

「え……な、なんで？」

「あったんだね……」

（それもきっと、私には言えない内容……）

「だからさっきから電話かかってきてるんじゃないの……？」

「………」

「新……？」

「――バレちゃった」

バツの悪そうな顔で新は言う。

「さっきからかけてきてるの、母親なんだ」

「おかあ、さん……？」

「そ。買い物に、ね……付き合う約束をしてたんだけど、すっぽかしちゃった」

そう言って新は笑った。

「だってさー母親との約束と旭の誕生日だよ!?　どう考えても誕生日だよね！」

「新……」

「まあ、母親には謝っとくからさ……そんな顔、しないでよ」

「絶対だよ？」

「ん……。じゃあ、ちょっと電話してくるね。このままだとまたかかってきそうだし」

新は携帯電話を私に見せると、席を立った。

「わかった。お母さんにちゃんと謝っておいてね？」

「はーい」

そう言って電話ができる場所を探そうと新はカフェの外に出る。

出る、はずだった。

……カフェから出ようとした新の姿が、突然、私の視界から消えた。

ガタン——という何かが倒れたような、そんな音と引き換えに。

目の前の光景が信じられなくて、身動きが取れない。

「え……？」

——理解が追いつかない。だって、今ここで新は笑っていたのに。

「あっ……んっ……はっ……」

「あら、た……？」

席を立った私の目に映ったのは……胸を押さえてうずくまる、新の姿だった。

「新⁉　新⁉」

「お客様⁉　大丈夫ですか⁉」

「だ、いじょ……っ」

「きゅ、救急車呼びますね!?」

「待、って……!」

手を伸ばした新は私の肩を摑《つか》むと、苦しそうに顔を歪《ゆが》めた。

「新……!?」

「薬……カバン……」

「あっ……!」

（あの時の、薬……！）

慌てて新のカバンの中を漁《あさ》ると、小さな袋に入った錠剤があった。

「これ……？」

「あ、り……がと……」

受け取った薬を、新は必死に口の中に押し込んだ。

……どれぐらいの時間が経《た》っただろう。ほんの数分かもしれないし、数十分は経ったような気もする。

どうしていいかわからず、薬の入っていた袋を握りしめていた私の手に、新が触れた。

「ご、めん……もう、大丈夫」

「新……！」

「すみません、ご迷惑をおかけしました……」

「大丈夫ですか……？　本当に救急車を呼ばなくても……？」

「だいじょ、ぶ……です。……いつもの、ことなので」

答える新の顔は血の気が引いたように真っ白で……。なのに言葉だけは淡々と冷静だった。

私の手を握りしめて、新はカフェを出る。

そして少し歩いたところにあったベンチに座ると、新は額の脂汗を拭った。

「あら……た……」

「……びっくりさせて、ゴメンね」

「わた、し……新が……死んじゃうんじゃないかって……」

「バカだな……大丈夫、ほら生きてるでしょ？」

そう言って新は笑うけど……私は、笑うことなんてできなかった。

それどころか、全身の震えが止まらない。

目の前で、新が死にそうになっていた。

新の命が、消えようとしていた。

それなのに私には、何も……何も、できなかった。

「旭」

「っ……な、何……!?」

「ごめん、今日は……もう帰るね」

「あ……うん、その方がいいよ……」

「なんかごめんね……こんな感じになっちゃって……」

「私こそ……ごめんね……」

思わず、言ってしまった私に……新は自嘲気味に笑った。

「なんで旭が謝るの。……ダメなのは、俺の方なんだから」

そう言った新の顔があまりにも辛《つら》そうで……。私は、何も言うことができなかった。

◆◆◆

「あら、た……」

あの後、どうやって家まで帰ってきたのか覚えていない。

ただ気が付くと私は、今へと戻ってきていた。

「まだ……夜中……?」

月明かりに照らされた部屋で目に入ったのは、机の上に置いたままにしていた日記帳だった。

「……そうだ！　日記……！」

私と別れた後、新がどうしたのか知りたかった。

大丈夫だったんだろうか、元気になったんだろうか……。

4月29日

今日は旭の誕生日だったらしい。

朝、深雪と奏多がお祝いしているのを見て初めて知った。

深雪はともかく、奏多のやつ知ってたのなら教えてくれたらいいのに。

でも、二人で放課後お祝いをした。

プレゼントもあげることができた。

幸せ、だった。

……こんな幸せが続くわけないことは、俺が一番よく知っていたのに。

母さんの連絡を無視して、昨日言われてた病院に行かなかった罰だろうか。

旭にもきっとバレたよね。

最悪だ。最悪だ。最悪だ。最悪だ。最悪だ！


でも、どうしても一緒にお祝いしたかったんだ。

旭の喜ぶ顔が見たかったんだ。

明日は大事を取って休むようにって言われた。

旭にどういうこと？　って聞かれずに済んでよかったのかもしれない。

もう少しだけ、答えを考えさせて……。

「内容が、全く違うものになってる……？　え、それよりも病院ってなんのこと……？

昨日……？」

（昨日は二人で映画に行ったんじゃなかった？　新が映画を見て泣いて……それで、明日もまた遊ぼうねって……）

心臓の音がいつもより大きく聞こえる。

そっと一ページ前をめくった私の目に飛び込んできたのは、四月二十八日の日記だった。

4月28日
旭と今日もデート！

幸せだな……なんて思っていたら、夜になって発作。

最悪だ。

薬で治まったけど、一度出ると頻発する可能性が高いから、明日は公開授業のあと病院に行くことに。祝日でも診てもらえるのはありがたい。学校を休むことはできるだけ避けたい。

最近ちょっと落ち着いてたから油断したのかも。

……せっかく明日も旭とどこかに行けると思ってたけど、しょうがないか。


「何、これ……」

（こんな日記、私……知らない）

「だから、お母さんから電話がかかってきてたの？」

――病院に、行かなかったから？

「私の、せいで……」

私のせいで、新は……。

「戻らなくちゃ……」

一度戻った日には戻れないことは知っている。

なら……。

「四月二十八日……この日になら……」

今、初めて見た日記の内容を――私は指でなぞる。

「待ってて……新……」

そして私はもう一度、過去へと旅立つために目を閉じた。

◆◆◆

目の前を風景が通り過ぎていくようなこの感覚を、私は知っている。

（どうして……！）

私の手の届かないところで、私が四月二十八日を――あの日記に書かれていた内容を繰り返している。

まるで――録画番組を再生するみたいに。

(あの時は一度過ごした過去だったから……でも、今回は違うじゃない!)

私は四月二十八日に戻ってはいない。

――ただ先の日付を、誤って読んでしまった。それだけなのに……!

それもダメだというのだろうか……。過去に戻ることはできても……一度過ぎ去った過去へとさらに戻ることはできない。

そういう、ことなんだろうか……。

◆◆◆

「っ……!」

目覚めた私はもう一度日記帳を見る。

……けれども、そこに記された文字には、なんの変化もなかった。

「なんで……! どうして……!」

ぽた……ぽた……と、落ちる水滴で新の文字が滲《にじ》んでいく。

「私の……バカ……!」

どこかで油断していた。

気が抜けていた。

あまりにも幸せだったから。

あまりにも……上手《うま》くいきすぎていたから。

「ページが……重なっていることに、気付かなかっただなんて……」

もっと丁寧にめくればよかった。

この一枚一枚が新との過去に繋《つな》がる唯一のものなんだと、もっともっと意識しなければいけなかった……！

「そうしたら……こんなことにならなかったかもしれないのに！」

知っていたら、新の誘いを断った。

知っていたら、お祝いなんてしてもらわなかった。

知ってさえ、いたら……！

「新……ごめん……」

私がしたことで、新がいい方向に向かうどころか、一つ間違えば……。

「私、の……せいで……」

日記帳を持つ手が震える。ページをめくるのが、怖い……。

どうにかして新との未来を作ろうと思ってきた。

でも……。

私のせいで、新の未来を奪うこともあるのだと……。

私のせいで、その日が、早く来ることもあるのだと……。

そう思うと、日記帳の存在が、急に怖くなった。


「旭……大丈夫？」

「深雪……」

教室でボーッと外を見ていた私に、深雪が心配そうに声をかけてくれる。

「なんか、あったんじゃないの？」

──新のことを殺しそうになったの。

そう言ったら深雪は、どんな反応をするんだろう。

「なんでも、ないよ……」

あの日から、一週間が経《た》った。けれど、まだ私は次のページをめくれずにいた。

新の日記帳に、触れられずにいた。

「私じゃ、さ」

「え……？」

「私じゃ頼りにならないかもしれないけど、そんな顔してるぐらいなら話してみてよ」

「深雪……」

深雪は私の頬にそっと触れると——ギューッと横に引っ張った。

「ひ、ひらひ……」

「あんたにとっては違うのかもしれないけど……私は、旭のこと大事な親友だって思ってるんだからね」

そう言った深雪の声があまりにも辛そうで、胸が苦しくなる。

「なんにもできないけど、心配ぐらいさせなさい」

「ありが、とう……」

「まだなんにもしてないけどね」

そう言って深雪が笑うから、ほんの少しだけ、気持ちが軽くなるのを感じた。

「それは……キツイわね」

「ん……」

放課後、深雪と二人でカフェに来て先日あったことをそのまま話した。

「私の、せいで……私が浮かれてたせいで……」

「旭……」

「私、知ってたのに。新が心臓が悪いこと、知ってたのに！　何もできないなら、知らなかった頃と何も変わらないっ！」

「そんなことないわよ！」

声を荒らげた私を、深雪は真剣な顔で否定する。

「そんなことない。私が知ってるあんたたちは――旭といる時の新は、いつだって楽しそうだった」

「それは……！」

「今の私の中でも、よ？」

「え……？」

「私の中の記憶は、あんたが変えた過去の記憶なんでしょ？」

――そう口にする深雪の表情は、少し寂しそうに見えた。

「だから……」

「――深雪の言う通りだよ」

「あら、遅かったわね」

「うちの学校からここまで遠いんだよ」

そう言って私たちのテーブルにやってきたのは奏多だった。

「だいたい、深雪は突然すぎるんだよ」

「あら、ごめんなさい。旭のことが心配だったから」

「ったく」

深雪の隣に座ると、奏多は私を見た。

「この間以来だね。——今日呼ばれたのは四月二十九日の件、かな」

「……っ」

心配そうな視線を向ける奏多から思わず目をそらしてしまう。

何も言わない私の代わりに、深雪が口を開いた。

「あんたの方はどうなってたの？」

「……最初は普通の内容だった。学校でこういうことがあった。ホントそれだけ。でも先週末にちょっと気になって開いてみたら、新が発作を起こして病院に運ばれたらしいって。夜にも大きな発作を起こしたらしく夜中に——」

「ちょっと待って⁉　夜にって……そんなこと新の日記帳には一言も……」

日記の中身を思い出すけれど、そんなことは書いていなかった。明日は大事を取って休むように言われた、と書いてあったから具合はよくなったものだと……。

「——もしかしたら、日記を書いた後に発作が出たのかもしれないね」

「新……」

大丈夫じゃなかった……。

あの後、私のせいで新が……。

私の、せいで……。

「あさ……」

「――約束」

「え？」

「約束してたのに……！　新にもっとたくさんの思い出をって言ってたのに……！　全部、全部私が壊しかけた……！」

私の行動のせいで新の未来を作るどころか、新が歩んできた過去までもなくしてしまうところだった……。

私の、せいで――。

「……そんな顔、しないで」

感情を抑えられず、声を荒らげた私に優しい声で奏多は言った。

「過去を変えるってことは、いいこともあれば悪いこともある。それはわかってる。……旭、君もわかってただろ？」

「それは……」

「……これから先も、こうやって苦しむこともあるかもしれない。それでも……それでも、君は新を諦められない。そうだろう？」

「奏多……」

顔を上げるとそこには、あの頃よりもずいぶん大人びた奏多が、あの頃と同じように微《ほほ》笑《え》んでいた。

「だったら、旭。新を諦めるな。決して、何があったとしても……旭、君だけは新を諦めちゃいけない」

「奏多……」

「改めてお願いするよ。……新のことを、頼む」

「私……私……絶対に、諦めない……新のこと、絶対に諦めないよ」

自分に言い聞かせるように何度も何度も呟《つぶや》くと、私はもう一度覚悟を決めた。

（絶対に、私だけは、諦めない）

「――ただ」

そろそろ帰ろうかと、カフェを出ようとした時、奏多が心配そうな表情で口を開いた。

「君が過去に干渉することによって、旭が関わった人の気持ちも変わる。……だから」

「奏多……？」

「……いや、なんでもない。……あまり、無理しないようにね」

なんともいえない表情を見せると……それ以上奏多は何も言わず、私たちはカフェを後にした。

（奏多……？）

気にならないと言えば嘘《うそ》になる。

けど、今は新に！　一秒でも早く新に、会いたい……！

机の上に置いたままになっている日記帳のことを思いながら私は、家への道を全力で走った。

第四章

家に着くと私は、置いたままになっていた日記帳を開いた。

4月30日

一晩入院して夕方に家に帰ってきた。
病院ではなぜもっと早く来なかったのかと先生に叱られた。
自分の身体《からだ》をもっと大事にしなさい、と。

わかってはいた。けど……。
どうせ今しか一緒にいられないのなら、旭《あさひ》といたいって思ってしまったんだ。
だって、来年の旭の誕生日を祝える保証なんて、どこにもないんだから……。

夕方、旭がお見舞いに来てくれた。

けど……なんて説明していいかわからなくて、会わずに帰ってもらった。

俺のせいで怖い思い、させたよね。

旭、本当に……ごめん。


「新《あらた》……」

どうしたら新の中の諦める気持ちを、少しでもプラスにできるのか。

来年も、再来年も一緒にその日を迎えるために、私にできることはなんだろう。

「やっぱり……どうにかして、新の病気を過去の私に対して教えてもらわないと」

そのためにできることはなんだろう。

——考えても考えても、答えは出ない。

「でも、会いに行かなくちゃ」

会いたくないと言われても、会わなくちゃ……そう思いながら私は、ベッドに寝転んで目を閉じた。

◆◆◆

目が覚めると、日付を確認する。4月30日。あの日の……翌日だ。

「ごめんね、新……」

掛けてあった制服に着替えると、学校へ行く支度をする。

「いってきます」

玄関を出る足取りは重い。

それでもなんとか歩き続けると、新との待ち合わせ場所に着いた。

誰もいない、待ち合わせ場所に。

「新……」

「……新なら、今日は休みだよ」

「っ……かな、た……？」

「って、知ってるか……」

「うん……」

──何も聞かれないことが、苦しい。

いっそ罵ってくれたらいいのに。

『何やってんだ！』

『無茶しないように見守ってくれるんじゃなかったのかよ！』

そう、言ってくれた方が……どんなに気が楽だろう。

「大丈夫？」

「私は……大丈夫……」

「……新が」

「え？」

「新が心配してた」

そう言う奏多《かなた》の顔を見上げると、奏多は硬い表情で私を見つめていた。

「——やっとこっち見た……」

「え……？」

小さな声で何かを呟いた気がしたけれど、なんでもない——と言って奏多は話を続けた。

「いや……新がさ、旭の前で倒れたって。心配してるんじゃないかって気にしてたよ。本当なら自分で休むって連絡しなくちゃいけないんだけど……。なんて言っていいかわかんないからって」

「それで、奏多が来てくれたの？」

「まあ……そんなとこ」

「お人よしなんだから」

そう言って笑うと、ホッとしたように奏多の表情が緩む。

「知ってるかもしれないけど、新のやつ心臓のこと人に知られるの極端に嫌がるんだ」

「ん……」

「自分のせいで親が泣いている姿とか見てきたからだろうけど……。旭にも、きっとそんな顔、させたくないんだと思う。だから……」

「──ありがとう」

奏多の言葉を遮ると、私は言った。

「でも、私は知らなきゃいけないの。新のこと、病気のこと、もっともっと知っていかなきゃいけないの」

「旭……」

「そうじゃなきゃ……また、何もできないまま……」

胸が苦しいくらいに痛くなる。

このままだと、また新とのお別れが来る。

そして、後悔するんだ。

何もできなかったことを。

何も変わらなかったことを。

「だから、辛《つら》くても苦しくても……それが新を苦しめることになったとしても、私は知りたい。新の口からきちんと聞きたい」

「わかった、わかったから……そんな顔、しないで」

「え……？」

「――なんか、俺が泣かしてるみたいな気分になる」

そんなに辛そうな顔をしていたんだろうか。

困ったような表情をして私を見る奏多に、意識して笑顔を向ける。

「心配してくれて、ありがとう。私は大丈夫だよ！」

「そっか。……こっちで辛くなったらいつでも言いなよ。話ぐらいは聞いてあげるから」

「え……？」

「言えないでしょ？　この先を知ってるが故の悩み、なんて誰にもさ」

「奏多……。ありがとう」

そう言う私に、奏多は小さく笑いながら言った。

「まあ、なるべくだったら二人の楽しそうな顔が見たいしね」

「奏多って……いい人だね」

「今頃気付いたの!?　俺は最初からいい人ですよ？」

不服そうに言う奏多が可笑《おか》しくて、つい笑ってしまう。

そんな私を見て、奏多ももう一度笑った。

「でもって、いい人の奏多君からもう一つ」

「え……？」

「今日、会えるように協力してあげるよ」

「――さっきのもそうだけど……関わらない、んじゃなかったの？」

「まあ……今日は特別。旭もだけど……新も辛そうな顔、してたから」

何かを思い出したように、苦しそうな表情をする奏多。

「一人で抱え込もうとするバカな友人のために協力するだけだから、旭のためじゃないからいいんだよ」

「奏多……」

「早くまた二人で、俺たちが嫌ってほど仲良いとこ、見せつけてよ」

「ありがとう……」

お礼を言う私に微笑《ほほえ》んだ奏多の顔は、なぜか悲しそうな表情をしているように見えた。

放課後、私と奏多は新の家の前に立っていた。

「メール返ってきた？」

「うん……。やっぱり、今日は会えないって」

「理由は？」

「外に出てて帰るのが遅くなりそう、だって……」

「あいつ……」

そう言うと、奏多はポケットから携帯電話を取り出した。

奏多は人差し指を口に当てると、静かにするように私に言った。

そして……。

「あ、新？　お疲れー。もう病院終わった？　そっか。田畑《たばた》せんせーからプリント預かってんだけどどうする？　っていっても、もうすぐお前んちの前だよ」

電話の相手は新のようだった。

電話の向こうから、私と話す時よりも軽い感じの新の声が漏れ聞こえてくる。

「んじゃ、今から行くわー。……え？　大丈夫大丈夫、おばさんいるんだろ？　開けてもらうからお前は出てくんな。階段の上り下りでまた発作起こされたら困るわ」

奏多の慣れたような軽口に、新が何かを言っているのが聞こえた。けれど、奏多はお構いなしに話を終わらせる。

「それじゃ、また後で」

携帯電話をポケットに戻すと、奏多は私を見てニッと笑った。

「ってことで、これ」

カバンから一枚のプリントを取り出す。

「これは……？」

「何を……」

「シーー」

「だから、田畑せんせーからの預かりもの」

「あれ……本当だったんだ」

「そっ。んでもって……」

奏多が慣れた様子でチャイムを鳴らすと、ピンポーンという音が鳴り響いた。

『はーい？』

「あ、おばちゃん？　俺、奏多です」

『あ、はいはい。ちょっと待ってね』

ガチャッという音とともに、玄関の扉が開く。そこには、新のお母さんが立っていた。

「こんにちはー」

「こんにちは。……そちらは？」

「あ、この子？　新の彼女」

「……っ!?　奏多!?」

「……あらあら、まあ！　そうだったの、初めまして」

「は、初めまして！　竹中《たけなか》旭です」

あの日――新のお葬式で会った時と比べて、ずいぶんと若く見える。

（たった三年前なのに……）

「あの……？」

「あ、いえ……なんでも、ないです」

鼻の奥がツンとするのを感じ、思わず黙ってしまった私を、新のお母さんは不思議そうな顔で見ていた。

「新には連絡したんだけど、プリント持ってきたよー」

「いつもゴメンね、ありがとう。……さあ、二人とも上がって？」

「は、はい！」

新のお母さんの後ろをついていこうとしたその時……奏多がわざとらしく大きな声を出した。

「はーい……っと、いけない！　俺、母さんに買い物頼まれてたんだ！」

「奏多……？」

「ってことで、おばちゃん、俺帰るから！　プリントは旭に渡してあるし、新も俺が行くより彼女が行く方が喜ぶと思うから」

そう言うが早いか、奏多は新の家から飛び出してしまった。

……私に、ウインク一つ残して。

「え、えええ……!?」

「──旭さん、だったかしら？」

「は、はい！」

奏多の行動に慣れているのか、残された私に微笑みながら新のお母さんは言う。

「よければ上がって？　新も喜ぶと思うし」

手招きをするお母さんの言葉に甘えて、私は家に上がらせてもらうことにした。

「お邪魔します……」

「はい、どうぞ」

出されたスリッパを履くと、お母さんは階段の方に視線を向けた。

「新の部屋はね、二階の突き当たりなの」

「はい……」

「ただ、その……昨日、ちょっと体調を崩しちゃって……」

「あ……」

「今ナーバスになってるみたいだから……」

新のお母さんは、知らない……。

その原因が、私に、あることを。

私のせいで、新が死にかけたことを。

「ごめんなさい……」

「どうして旭さんが謝るの？」

「だって……私が……もっとちゃんと気付いていたら……」

俯《うつむ》く私に、新のお母さんは小さくため息をついた。

「聞きやしないわ。あの子ね、ああ見えて頑固なのよ」

「……頑固」

「そう。自分でこうって決めちゃうと、絶対に譲らないの。……誰に似たのかしらね」

言われてみれば、確かにあの時も──一度目の別れの時もそうだった。

どんなに私が嫌だと言っても、理由を教えてと縋《すが》っても、新は私の方を見ようとしなかった。もう、決めたんだ──そう言った新は、苦しそうな表情をしていた。

「だからね、旭さんが気にすることなんて何もないのよ」

「でも……」

それでも、どうして止められなかったのかと、私になら止められたのにと、悔やんでしまう。

……そんな私にお母さんはそっと微笑みかけてくれる。

「そんなにまであの子のことを想《おも》ってくれてありがとう」

「え……？」

「これからも、困らせることがあるかもしれないけど……新のこと、よろしくね」

「……はい！」

そして、お母さんは私の背中にそっと手を当てると、階段の方へと促した。

「後でお茶、持っていくから……先に行っててくれるかしら？」

気が利くでしょ？　なんて言いながら新のお母さんは笑う。

「それで、ちょっとは大人しくするように言ってもらえる？　私の言うことは聞かなくても、彼女の言うことなら聞くかもしれないし」

「わかり、ました」

「それじゃあ、後でね」

廊下の向こうに歩いていく新のお母さんの背中を見送ると、私は一段、また一段と階段を上る。

そして……。

「ふぅ……」

息を一つ吐き出すと……新の部屋のドアノブを回した。

「奏多？　早かったなー。ごめんな、いつもいつも」

部屋に入ると、新は勉強机に向かって何かを一生懸命書いていた。

扉を開けた音が聞こえたのだろう。

私を奏多だと信じ、なんの疑いもなく話しかけてくる。

「……奏多？」

「……新」

「あ、さひ……」

声をかけた私に……驚いた様子で、新は振り返った。

「なんで……」

「……これ、田畑先生のプリント」

「……奏多のやつ」

プリントを受け取ると、新はため息を吐いた。そして――。

「……ごめんね」

「え……？」

なんと言っていいかわからない私に新は困ったように笑った。

「昨日、ビックリさせちゃったよね。……病院行ったけど、なんでもないって！　疲れてたのかな？　俺もビックリしたよ！」

「新……」

「さっきまで病院でさ！　今帰ってきたとこなんだ。入れ違いにならなくてよかったよ」

「新」

「な、なんだよ……」

早口で何かを誤魔化すように話し続ける新の声を遮った。

「本当に、なんでもなかったの？」

「だから、そう言って……」

　ごめん、新……。

　私、もう騙《だま》されてあげられないよ。

「……本当のこと、話してほしい」

「え……？」

「私、たち……付き合ってるんだよね……？　彼女、なんだよね？　だったら……」

「……………」

　新は何も言わない。

　何も言わずに、足元をじっと見つめていた。

「新のこと……もっと、ちゃんと……」

「彼女だったら……」

「え……？」

「彼女だったら、全部話さなくちゃいけないの」

「あら、た……？」

　新の声は……今まで聞いたことのないような――冷たい声、だった。

　ダメだ――そう思った。

　私の方を向いた新の顔は……あの時と同じ、覚悟を決めた顔をしていた。

「何もかも話さなくちゃいけないの？　どんなに嫌なことでも？　それを俺が望んでなくても？」

「あら……」

「──なら、いらない」

「え……？」

「そんな彼女、俺はいらない」

「まっ……」

新に触れようとした私の手を払いのけると……哀《かな》しそうな顔で、新は言った。

「ごめんね……やっぱり俺は、旭を傷つけることしかできないみたい」

「新……？」

「大事にするって言ったけど……無理だったよ」

「待って！」

私の腕を引っ張ると、新は私の身体《からだ》を扉の外へと押し出す。

そして……。

「ごめんね、旭。……大好きだったよ」

そう言うと……新は、扉を閉めた。

その後、扉の前で新を呼び続けている私を不審に思ったのか、新のお母さんが心配そうに二階に上がってきた。

大丈夫なの？　というお母さんに謝ると……私は、新の家から逃げ出した。

「新の……バカ！」

家に帰る気分になれなかった私は、新の家の近くの公園のベンチに座り込む。

「何が……何がいらないよ！　人が……どんな気持ちでいるかなんて知らないくせに！」

悲しかった。

拒絶されて辛《つら》かった。

でも、でも……それ以上に……。

「腹が立つ！　新に！　腹が立つ！」

「……それだけ怒れているなら、大丈夫かな」

「って、奏多……？」

「大丈夫……？」

いつの間にか私の後ろに立っていた奏多は、心配そうな顔で私を見ていた。

どうして奏多が……。そう思うことすら愚問だった。

だって、私がここにいることがわかる人なんて——。

「……新に、言われて来たの？」

「まあ……そんなとこ」

苦笑いを浮かべる奏多に申し訳なく思う。私の正面へと移動すると、奏多は頭を掻いた。

「バカだよなぁ、あいつ」

「ホントにね！」

「どうするの……？」

奏多は、心配そうに私を見つめる。

でも、私の気持ちは決まっていた。

「腹立つから、諦めないよ！　新にどんなに拒絶されても、私は新と過ごすこの先を、諦めたくないの！」

「旭……」

「私は、どれだけ私が傷ついたっていい。でも、また何もできないまま電話を待つだけなんて嫌なの！」

それじゃあ、なんの意味もない。

なんのためにここにいるのかわからない。

せっかく、変えられるチャンスを手に入れたのに、何もしないまま諦めるなんて、絶対に嫌だ！

「旭は……強いな」

「え……？」

「なんでもない。……あいつ言い出したら聞かないよ？」

「知ってる」

「じゃあ……」

「でも、私に新が必要なように……新にだって、絶対私が必要なはずだから！」

◇◇◇

旭を送った後、奏多が再び新の部屋に行ってみると、ベッドにもたれて座る新の姿があった。

「旭のこと、家まで送ってきたよ」

「やっぱり公園にいた……？」

「ん。……よくわかってんじゃん」

「そりゃ……旭のことだから、ね」

切なそうな声で、新は言う。

「旭……泣いてた？」

「……怒ってた」

「ははっ……なんだそれ」

笑う新は、泣きそうな顔をしていた。そんな新に奏多は思わず口を開く。

「本当に、よかったのか？　旭ならお前の身体のことも……」

「——受け入れてくれるだろうな」

「じゃあ……！」

「でも、きっと俺の知らないところで泣くんだ。俺のせいで傷つけるんだ。そんな思い、させたくない……」

「——勝手だな」

「知ってる」

新の隣に座ると、奏多は言った。

「いいじゃん、傷つけたって。どっちみちフッたら傷つくんだし」

「それとは、比べ物にならないだろ……！　死ぬんだぞ、俺は……！」

「それでも……傷ついてでも旭は、お前の傍《そば》にいたいって願うかもしれないだろ」

そう言う奏多の声は、新に負けないぐらい苦しそうで……。そっと目を閉じると、新は大切な友人の名前を呼んだ。

「……奏多」

「なんだよ」

「お前、さ……旭のこと、好きだろ……？」

「――……ああ」

一瞬の沈黙の後――奏多が小さく頷《うなず》くと、やっぱり……と新は言った。

「じゃあ……」

「でも、お前の代わり、なんてしてやらないからな」

「奏多……」

「わかってんだろ？　旭が好きなのは、お前だよ。……言わせんな、こんなこと」

「っ……ごめん」

奏多は立ち上がると、新の頭を小突いた。

「それに、さ……俺、結構好きなんだ。お前らが一緒にいるところを見るの」

「あ……」

「結局――お前の隣で笑ってる旭のことが、好きなんだよ。俺は」

寂しそうな顔をして、奏多は微笑《ほほえ》む。

「だからさ、ちゃんと旭のこと大事にしろよ。お前だから俺は、旭のことを諦められるんだからな」

「奏多……」

「これでも、お前らのこと応援してるんだぜ」

そして……。

「さっさと、腹くくれ。旭はきっと、諦めてなんかくれないぞ」

そう言うと、奏多は新の部屋を出て行った。

奏多のいなくなった部屋からは、新が小さく呟《つぶや》く声が聞こえた。

「……知ってる」

その声を聞いた奏多は安心したような表情を浮かべると、一人階段を下りていった。

◇◇◇

目が覚めると、スマホがチカチカとメッセージの受信を知らせるランプを点滅させていた。

【大丈夫？】

それは、過去でも今でも優しい友人からの、メッセージだった。

「奏多……」

言葉が上手《うま》く見つからず、書いては消し……また書いては消して……結局私は短い文章を奏多に送った。

【少し、相談させてほしいことがあるの。今日って空いてるかな？】

【……今日は陽菜《ひな》と約束があるから無理かな。明日はどう？　この間の公園で】

「明日、か……」

すぐに来た返信を見て、一人呟いた。

本当は今すぐにでも話を聞いてほしい。どうすればいいか一緒に考えてほしい。

──でも、彼には彼の今がある。

それを、私が壊してはいけない。

【ありがとう。それじゃあ明日、公園で】

メッセージを送信すると、スマホのディスプレイをオフにした。

机の上には新の日記帳があるはずだ。

けれど──いくら奏多には強がってみせても、もう一度先程の出来事を文字で受け止められるほど、私は強くなんかなかった……。

結局、土曜日は何もする気になれずダラダラと一日を過ごした。日記帳を開くこともなかった。

そして──。

「旭！」

「深雪《みゆき》……。ごめんね、休みの日に」

「何言ってんの！　呼ばれなかった方が怒るわよ」

「ありがとう……」

日曜日。

奏多と待ち合わせた公園に、深雪と一緒に向かっていた。

「あ、もう奏多来てる……。お待たせ」

「いや、時間通り……って、深雪も来たんだ」

「当たり前でしょ！　なんであんたが呼ばれて私が呼ばれてないと思ったの」

「そういうわけじゃないけど……」

軽口を叩《たた》き合う深雪と奏多の姿を見ると、ホッとする。

そして——新が死んだなんて悪い夢で、今にも「何やってんの……」なんて言いながら笑って現れるような気がする……。

そんなこと——あるわけないのだけれど。

「ごめんね、奏多。休みの日に……。今日は陽菜との約束、なかったの？」

「うん、今日は大丈夫。こっちこそ昨日はごめんね。さすがに……」

「ううん、陽菜との約束を優先してほしいし、それが当たり前だよ」

申し訳なさそうに言う奏多を慌てて止めると、私は深雪の方を向いた。

「ねえ、深雪……。深雪が知ってる過去で、私と新はいつ別れたの……？」

「別れたのは中学三年の三月。でも……」

「でも？」

「確か一回……何日か別れてた気がする。いつだったかわからないけど……新に聞いたら別れたって言われて……でも、すぐに元通りになってたから……」

「それっていつのことか思い出せない？」

深雪の言葉に思わず大きな声を出すと、深雪はちょっと落ち着きなさい——と言って少し考え込むように黙った。そして……。

「う——ん……ごめん、思い出せないわ。ただ、いつも一緒にいるあんたたちがバラバラにいたのが印象的で、覚えてただけだから……」

「そっか……。ありがとね」

記憶が変わらない私たちの中にはない、変わった後の新しい過去の記憶。

「奏多がメッセージをくれたのは……日記が変わってたから、だよね？」

「正確には、書き換えられてた——だけどね。病気のことで二人が揉《も》めたって書いてたから気になって」

「……どうしたら、新は病気のことを私に打ち明けてくれるんだろう」

私が呟くと……二人とも、難しい顔をして黙り込んでしまう。

「多分……厳しいんじゃないかな」

言葉を選ぶように、奏多は言う。

「あの頃のあいつは……自分のせいで周りの人間が泣くことを凄《すご》く嫌がってた。親に辛《つら》い思いをさせていること、これからもさせること……」

「そんな……」

「だから……あいつの口からは、旭にきっと言えないよ。辛い思いをさせる人を、増やしたくないから……」

新のことを思い出しているのか……奏多は苦しそうに顔を歪《ゆが》めた。

奏多の気持ちはわかる。わかる——けれど！

「それでも！　私は、知らなきゃいけない。知って、新と一緒に進んでいかなきゃいけないの！」

「旭……」

「辛い思いをしたっていい。それよりも、新を失うことの方が嫌だよ……」

「旭……。——旭は、強いね」

そう言った奏多の口調が、あの日の奏多と重なった。

だから——私は否定する。

「強くなんかないよ」

「奏多……？」

「え……？」

「強くなんか、ない。ホントは怖い。新を失うことも、新が病気で苦しむところを見るのも全部全部怖い」

今だって、怖くて怖くて日記帳を開くことができないぐらいの弱虫だ。

過去の新の、あるべき未来を消しそうになってしまったことが、震えるほど怖い。

「じゃあ……」

「でも、今の私は知ってるから。一番辛くて苦しい新の死を知ってるから……だから、新と喧嘩《けんか》するぐらいどうってことないんだよ。だって……喧嘩して新が私を嫌いになったって、私も新も死なないでしょ？」

「君は……」

「あんた……」

私の言葉に、二人は泣きそうで、でも可笑《おか》しそうな……そんな顔をしていた。

「え、なんで？　変なこと言った？」

「まいったな……。深雪、なんとかしろよ」

「こんなの新にしか、どうにもできないわよ」

「だね……。さっさと責任取らさなきゃ」

「な、なんなの？　二人とも？」

顔を見合わせて呆《あき》れたようにクスクスと笑う二人に、私はどうしていいかわからず声をかけるけれど、二人はこっちの話、なんて言って教えてくれない。

「そんなに変なこと言った覚えはないんだけど……」

二人の態度が腑《ふ》に落ちず小さく呟いた私に、二人はどこか悲しげな表情で優しく微笑んだ。

4月30日

一晩入院して夕方に家に帰ってきた。

退院前に先生から叱られた。

もっと自分の身体《からだ》を大事にするように、と。

周りの人が俺をどんなに大事に思ってるかわかってるだろう、と。

……俺のわがままのせいで、また辛い思いをさせてしまった。

なのにこれ以上、辛い思いをさせる人を増やせって？

何も考えずに楽しく一緒にいられればそれでよかったんだ。

共有してほしいなんて思ってない。

それよりもただ、一緒に笑っててほしかった。

傍《そば》にいてくれるだけで、よかったんだ。


家に戻ってきて新の日記帳を開けると、そこには変わる前よりも苦しそうな新の文字があった。


苦しめてしまったのは、私。

「間違ってたのかな……」

奏多や深雪に伝えた言葉は本心だ。

新が死んでしまった時の辛さに比べたら、喧嘩するぐらいなんてことない。

――でも、そんな私の気持ちは新にとって迷惑なのだろうか。

新を苦しめるだけなんだろうか……。

「わからない。けど、とにかく前に進まなきゃ」

立ち止まっていては何も変わらないんだから。そう思いながら、私は次のページを開けた。

5月1日

学校で旭と会ったけれど、何も話さないまま。

何か言いたげに俺を見ていたけど、何も言えなかった。

深雪に「喧嘩でもしたの？」って聞かれたから「別れた」って言ったら奏多に殴られた。

……みんな友達思いだなぁ。

ちゃんと旭と話せって言われたけど、もういいんだ。

数日間だけど旭と付き合えて楽しかった。

明日が終われば連休だ。

少し時間が経《た》てばきっと……。


――パタン、という音を立てて日記帳を閉じる。

「どうしたら、新が自分から話してくれるかな」

部屋の電気を消すと、机の上に置いた日記帳が、月明かりに照らされて光っていた。

「とにかく、一度新に会って話をするんだ……」

ベッドに横になると私は――目を、閉じた。

◆◆◆

目が覚めていつものように準備をして学校へ向かう。

「いない……」

日記帳では今日は新は学校に来ることになっていた。

でも……待ち合わせ場所には、誰もいなかった……。

「そりゃ……そっか。別れるって、言ってたんだもんね」

胸がズキズキと大きく痛む。

「思ったより……辛いなぁ……」

泣きそうになるのを必死で堪える。

気を抜くと、涙が止まらなくなってしまいそうだったから。

滲《にじ》んだ涙を袖口で拭うと私は……一人で、学校までの道のりを歩いた。

教室に着くと、クラスメイトたちの声が飛び交う中で、一人静かに座っている新が目に入った。

「……おはよう！」

新の方に向かって声をかけると……一瞬驚いた顔をした後、新は私から顔をそらした。

「……………」

「今日は来られてよかったね！」

「……………」

「昨日のプリントできた？　あれ今日提出なんだよー」

「……………」

話しかける私に……一言も返さない新。

それでもめげずに声をかけ続ける。

けれど……どれだけ話しかけても、新が返事をしてくれることはなかった。

「ねえ、喧嘩でもしたの？」

「え……？」

「新君と今日全然一緒にいないから」

「……まあ、そんなとこかな……」

休み時間のたびに新のところに行こうとするが、私を避けるように教室から出て行ってしまう。

そのせいで、昼休みを迎えた今まで一度も新と話せずにいた。

「どうせ新が何かやったんでしょ」

「……ううん、そんなことないけど……大丈夫だよ。心配してくれてありがとう」

心配そうに私を見る陽菜とは対照的に、怒ったように深雪は新の方に歩いていった。

「新！」

「……なんだよ」

「何が原因で喧嘩したのか知らないけど、旭のこと泣かしたら承知しないわよ⁉」

「……喧嘩じゃねえよ」

新に詰め寄る深雪を慌てて追いかけると、新は私をチラッと見て——深雪に言った。

「俺たち別れたんだ」

「なっ……」

「だから一緒にいないだけ。——それじゃ」

そう言うと新は席を立った。

「ちょっと！　どこに……」

「……帰るんだよ。用事があるから」

私の方を見ずに、新はカバンを持つと教室を出て行ってしまった。

残された私を、深雪が心配そうな表情で見つめる。

「……昨日、ね……ちょっと揉《も》めちゃって……。それで……」

「それでって……！　いいの⁉」

「よくないよ！」

「旭……」

思わず大きな声を出してしまった私へと、クラスメイトたちが視線を向ける。

「……ごめん」

席に戻ると、事情がわからない陽菜が何があったのかと聞いてくるけれど……私は何も答えられなかった。

あの後、何度かメールを送ってみたけれど、返事は来なかった。

奏多の電話にも出ないらしい。

「……今日って、病院？」

「──いや、何も聞いてないけど。まあ、俺に全部言うとも限らないか」

放課後、部活に行く深雪と陽菜を見送ると、私と奏多は誰もいなくなった教室にいた。

「どうする？　今日も家、行ってみる？」

「……開けてくれなかったりして」

冗談で言った私の言葉に、奏多は眉をひそめる。

そして言いにくそうに、言った。

「──俺、さ。無理だと思うんだ」

「え……？」

「旭は新の口から言わせたいんだろうけど……。きっと、あいつは言わないと思う」

ああ、やっぱり奏多は奏多だ。

「──だから、さ……俺に考えがあるんだ」

今でも過去でも変わらず、私たちのことを思ってくれる。

「新の前で、旭に病気のこと話すよ」

「っ……」

一瞬、言葉に詰まった私に奏多は、考えておいてね──そう言い残して帰っていった。

私はまだ、どうするか決められずにいた。

◆◆◆

「そこまで頼って、いいのかな……」

目が覚めて、日記帳を確認しながら私は一人呟《つぶや》く。

内容は、ほとんど変わらないままだった。

「どうしたらいいんだろう……」

奏多の提案に乗れば、新の病気のことを私が知るきっかけができる。

でも、それでは奏多が憎まれ役になってしまう……。

「十二時か……」

時計を確認すると、まだ夜中だった。

まだどうするか、決めきれていなかったけど私は続きのページをめくった。

5月2日
もう日記を書くのをやめようかと思う。
この日記帳には旭への想《おも》いが詰まりすぎてる。
それが、辛《つら》い。
開くたびにどんなに旭が好きで、どんなに旭を想っているか、
それを目の当たりにしてしまう。
旭、ごめんね。
なんのしがらみもなく旭と一緒にいたかった。

不安なんて抱えず、楽しく過ごしたかった。

ただ純粋に、旭に好きだって伝えたかった。


これが最後の、君への気持ちを綴《つづ》った日記です。

大好きでした。


さようなら。


そこに書かれていた内容に私は、ショックを、受けた。

過去が、変わっている。

「どうして……なんで、こんな……」

私の行動で、過去が大きく変わってしまった。

このままだと……新との過去を変えるどころか、私たちが付き合っていた三月までの出来事もなかったことになってしまう……！

「そんなの、嫌だ！」

日記帳を閉じると、もう一度ベッドに寝転んで私は固く目を瞑《つぶ》った。

「奏多、ごめん……」

優しい友人への謝罪の言葉を口にすると……私は、過去を変えるために夢の中へと戻った。

◆◆◆

この日も学校では、相変わらず新が私の方を見ることはなかった。

「……どこでがいいかな」

「やっぱり、家じゃない？」

「でも、入れてくれるかな……」

休み時間を使って奏多と相談をする。

新、ではなく奏多と一緒にいる私を深雪と陽菜は訝《いぶか》しげに見ていたけれど、私はそれどころじゃなかった。

「でも、新がそんなに思い詰めていたなんてな……」

「終わりになんて、させないんだから……！」

心配そうに新を見る奏多に、私は言う。

「まだまだ今から楽しいことといっぱいあるんだから！　二人で過ごしてきたたくさんの思い出をなかったことになんかさせない！」

「……ん、そうだね」

そう言いながら、奏多は新から私へと視線を戻す。

「放課後、さ」

「え？」

「帰り道に、捕まえよう。それで、話をするんだ」

「うん……。ごめんね、巻き込んじゃって……」

「大丈夫だよ。それに……二人には、笑っててほしいんだ」

笑う奏多の顔がどこか悲しそうに見えた気がして――私は、何も言えなかった。

「まずは二人で話をさせてほしい」

そう伝えると、わかっていたように奏多は頷《うなず》く。

「そう言うかなって、思ってた」

「ごめんね。……ありがとう」

行ってらっしゃい、と言う奏多の声に背中を押されて、私は公園の近くを歩く新に向かって走った。

「新！」

「っ……あさ、ひ」

「……話が、したい」

「……俺はもう話なんて……」

「新にはなくても！　私にはあるの！」

私の剣幕に押されたのか……新は俯《うつむ》くと、小さな声で言った。

「少しだけ、なら……」

「ありがとう」

二人並んで公園のベンチに座る。

「……体調は大丈夫？」

「え？」

「昨日帰っちゃったから、やっぱり具合よくなかったのかなって思って」

「……大丈夫。ありがとう」

「ならよかった……」

「ん……」

会話が、途切れる。

「──何もないなら……」

「新」

居心地の悪そうな顔をした新が何か言おうとするのを遮ると、私は新に問いかけた。

「もう一度聞きたいの。……新は私に、何か隠していることはない？」

「なんで……」

「新がずっと一人で辛そうな顔をしてるのに気付いてたの。教えてほしい、新が……好きだから」

「……っ」

そっと新の手を握りしめる。

「私は、新が思ってるほど弱くないよ。新と一緒に、歩いていきたいんだよ。……こうやって、手を繋《つな》いで」

「旭……」

「だから……教えてほしい」

新の瞳が、揺れ動くのが見えた。

……けれど。

「ごめん」

ギュッと目を閉じると私の手を振り払い、新は言った。

「旭のことが好きだからこそ、言えない。言いたくない。……俺のわがままなんだ。嫌いになってくれたっていい」

「あら……」

「俺は旭の傍《そば》にはいられないんだ！　もう、俺のことは忘れて……」

「――もうそんなやつ、放っておけよ」

「……奏多？」

「……っ!?」

突然現れた奏多は、私の手を摑《つか》むと……身体《からだ》ごと引き寄せた。

「そこまで言うんなら嫌いになってやればいい。どうせこいつは何もできないんだから」

「何を……」

「なあ、新？　旭に嫌われたいんだろ？　なら俺が言ってやるよ」

「やめっ……！」

「旭、こいつはね」

青い顔をした新が奏多に摑みかかろうとするけれど……それをかわすと、真剣な顔で奏多は言った。

「もうすぐ死ぬんだ。心臓の病気でね。だから、一緒にいてもしょうがないってこと」

「お前……！」

「……ねえ、旭。新じゃなくて、俺と付き合おうか？」

「……え？」

予想もしていなかったことを、奏多が言い始めた。

「俺なら、悲しい思いなんてさせないよ。辛い顔もさせない。それに……新もそうしたらいいって言ってたよ」

「新……？」

奏多の言葉に、新の方を見ると……新は、私から視線をそらした。

「ほら、ね。……これからは俺がずっと、旭の傍にいるよ」

そう言うと奏多は……私を抱き寄せて――キスを、した。

キスをされた――と、思った。

けれど、唇が触れる寸前で私の唇は奏多の右手で覆われていた。

……新からは、見えない角度で。

「なっ……！」

「シッ……」

慌てる私にウインクすると……奏多は新の方を向いた。

「これがお前の望みだろ？　叶《かな》えてやるよ。その代わり……」

そう言うともう一度私に顔を近づける。

思わずぎゅっと目を瞑った私に、奏多が小さく笑った気がした。

――その瞬間、何かがぶつかったような鈍い音がすぐ傍で聞こえた。

「えっ……!?」

「いっ……！」

「旭から、離れろ！」

目を開けるとそこには……頬を押さえて座り込む奏多と、見たこともない表情で怒鳴る新の姿があった。

「なん、だよ……お前が望んだんだろ？」

「違う！　俺は……俺は……」

「違わねえよ！　お前が旭から逃げるってことは！　誰かに旭を奪われて、誰かに旭が笑いかけてもいいってそういうことなんだよ！」

「俺……俺は……」

「そんなことっ……！　お前も！　それに旭だって望んじゃいないだろ……！」

奏多は立ち上がると、呆然《ぼうぜん》と立ち尽くす新を見つめた。

「それに、そんな覚悟するぐらいなら、旭に本当の意味で向き合う覚悟をしろよ」

「本当の、意味で……」

「お前はできてないかもしれないけどな、旭はとっくにその覚悟、できてんだよ！」

奏多は吐き捨てるように言うと、公園の出口へと向かって歩き出した。

「奏多……！」

そんな奏多を、思わず呼び止めてしまった。

振り返りながら私を見ると、奏多は殴られた頰を押さえて歪《ゆが》んだ笑顔を私に向けた。

「もう大丈夫だと思うから、俺は帰るよ」

「あり、がとう……」

「……そいつ、さ。バカだし意気地なしだしなんでも自分で抱え込んじゃう困ったやつだけど……いいやつだから。俺の親友のこと、よろしくね」

そう言って手を振ると、こちらを振り向くことなく奏多は去っていった。

公園に残されたのは──私たち、二人だけ。

「旭、俺……」

何か言おうとする新の手を、私はもう一度握りしめた。

「新……私は、新が好きだよ」

「旭……」

「それだけじゃ、ダメ？　好きだから傍にいたい。それじゃあダメなの？」

「……さっきの話、聞いただろ」

苦しそうに、新は言う。

「あいつの言う通り、俺は病気なんだ。それも……あと何年もつかわからない。そんなやつと一緒にいたって……」

「それでも！　私は新と一緒にいたい！　辛《つら》くて、苦しい日が来るのかもしれない。悲しい思いをする時が来るかもしれない。でも！　それでも！　私は新と一緒にいたいの」

泣きたくなんかないのに、涙が溢《あふ》れてくる。

きちんと話をしたいのに、声がどんどん掠《かす》れる。

「新が苦しい思いをしていることを知らずに、新のいない生活をして笑ってる……そんなの、全然幸せじゃないよ！」

「旭……」

「傍にいさせてほしい！　新の傍で、楽しい思い出や嬉《うれ》しい思い出を作りたい！　些細《ささい》なことで喧嘩《けんか》して仲直りして、また笑い合いたい！　何度も――何度でも、新に、大好きだよって伝えたい……」

「旭……ごめん」

「……っ！」

謝る新の言葉に、これでも想《おも》いが届かないのかと、それほどまでに頑《かたく》なに拒絶するのかと悲しいのか悔しいのかわからない感情が溢れ出てくる。

（これでもダメなら……どうしたら……）

そう思った瞬間……私の身体は、優しい温《ぬく》もりに包まれていた。

「あら……た？」

「ごめん、ホントにごめん！　俺……俺……！」

「新……」

小刻みに震える新の身体……。私は、背中に手を回すと……新をそっと抱きしめた。

「旭……」

「大丈夫だよ。私は、何があっても、新の傍にいるよ。新の隣で笑ってるから……だから、一緒にいさせて……？」

うん──と頷《うなず》く新の頬を流れる涙が、私の肩を濡《ぬ》らしていた。

──どれぐらいの時間、そうしていたのだろう。

身体をそっと離す新の目は、少し赤くなっていた。

「ごめん……」

「大丈夫？」

「……俺、逃げてたんだ」

新の言葉を、私は黙ったまま受け止める。

「旭のため、なんて言って……ホントは俺が、病気のことを旭に打ち明けるのが怖かったんだと思う」

ポツリ、ポツリと、新は絞り出すように話し続けた。

「病気がわかってから母さんがずっと泣いてるのを知ってた。だから旭のことも泣かせたくなかった。それも本当だよ。……でも」

「でも……？」

「本当はきっと、ちっぽけなプライドだったんだ。……笑わない？」

「笑わないよ」

「……旭に病人扱いされたくなかったんだと思う。可哀《かわい》そうなやつって思われたくなかった。同情の目で、見られたくなかった」

新が痛いぐらい固く自分自身の手を握りしめるから。その手に、そっと私の手を重ねる。

そんな私の温もりに、新は力なく笑った。

「腫れ物みたいに扱われたくない。旭とは笑い合って、病気のこともなんにも気にせず俺自身として傍にいたかったんだ」

「可哀そう、なんて思わない」

「旭……？」

「でも、心配はさせてほしい」

「……っ」

新の心に届いてほしい。

どれほどまでに私が新を想っているのか。

どんなに新が、必要なのか……。

「例えば新だって、私が風邪ひいて寝込んだら心配するでしょ？　足を骨折したら走っちゃダメだよって言うでしょ？　それと一緒だよ」

「…………」

「新の隣で笑ったり、喧嘩したり、心臓のことだけじゃなく風邪をひいたら心配したり、転んだら手を差し出したり……そうやって新の一番近くで、新と一緒にいたい」

「旭……」

新の固く握りしめた手を解くと……私は、自分の手を絡ませた。

「こうやって……手を繋《つな》いで、一緒に歩いて行きたいの」

「……死ぬかも、しれないよ」

「先のことなんて誰にもわからないじゃない」

「それは……」

「例えば明日交通事故にあうかもしれない。例えば、急病で死ぬかもしれない。例えば……バスジャックに巻き込まれるかもしれない」

「ふっ……バスジャックって……」

突拍子もない喩《たと》えに、思わずといった様子で新は笑う。

「でも、そんなこと言ってたらなんにもならないよ！　私は……私が一緒にいたい人といたい！　新と！　一緒にいたい！」

「新が一緒にいたいのは誰？」

「……旭」

「新が傍《そば》にいてほしいのは……？」

「全部……全部、旭だよ！」

そう言うと……新はもう一度、私の身体《からだ》を、強く強く抱きしめた。

抱きしめられた腕が解けると、私たちは顔を見合わせて笑い合った。

「話してくれて、ありがとう」

「え……？」

「病気のこと……教えてくれて、ありがとう」

「……言うのが、遅くなって……ごめん」

あの頃は知らなかった病気のことを、今の私は知ることができた。

これは、大きな変化だ。

新が、自分から病気のことを話してくれたわけじゃないことが、引っかかる。でも、きっと……関係を築くことができてなかったら――いくら奏多が協力してくれたとしても、話してくれなかったと思うから。

ねえ、新。今なら……何も言わずに去っていったりはしないよね？

「旭……」

「でも、ホントごめん！」

「え？」

突然、目の前の新が頭を下げた。

「俺がもっと早く旭に話してたら……奏多にキス、されることもなかったのに……」

「え……？」

「俺のせいで……旭が……」

爪が食い込みそうなほど手を握りしめながら新が何度も謝るから、私は慌ててその言葉を否定した。

「キスなんてされてないよ！」

「――えっ!? だって、さっき……」

「あれは……奏多が私たちにしたお芝居だよ」

先程の出来事の真相を伝えると、新はホッとしたように息を吐いた。

「な、なーんだ……そうだったんだ……。俺てっきり本当に奏多が旭に、その……キス、したんだって思って……」

「いくら新のためだったとしても、奏多だって好きでもない子にキスはしないよ……」

苦笑いする私を新は、眉間に皺《しわ》を寄せて見つめる。

「新……？」

「……いや、なんでもない」

そう言って新は俯《うつむ》いた。

そんな新にどうしても伝えたかった。今の私の、新へのこの想いを――。

「私には新のことしか見えてないよ。新だけが、好きなの」

「うん……」

「だからこそ、こうやって今ここにいるんだよ」

「旭……」

顔を上げた新の頬に手を添えると、私は微笑《ほほえ》んだ。

「こんなに新のことを大好きな私の気持ちを、疑わないで」

「……ごめん」

「大好きだよ」

「俺、も……大好きだよ」

頬に添えた私の手に、新の手が重なる。

ギュッと握りしめられた手からは、新の体温が伝わってくる。

「新……？」

私の手を搦《から》め捕《と》ると、少し赤い顔をした新の顔が近づいてきて――私たちは夕日が沈む公園で、甘酸っぱくて……でも、どこか悲しいキスをした。

◆◆◆

目が、覚める。今に戻ってきていることを確認すると、自分自身を抱きしめた。

「あぁ……やっとここまでこられた……！」

やっと、やっとだ。

ここからが本当の意味でのスタートなんだと思う。

「これで、何も言わずに三月に新が消えてしまう、なんてことはない、よね……」

もしかしたら、もうすでに変わっているかもしれない。

「深雪に、確かめなくっちゃ……」

自分自身ではわからないのが、もどかしい。

「あ、でも……まだ六時、か……」

さすがに連絡するのが悩ましい時間に、スマホへ伸ばしかけた手を引っ込めると、私は机の上に置いておいた日記帳へと向かった。

5月2日

ついに、旭に病気のことが知られてしまった。
……でも、これでよかったのかもしれない。
あんなに頑《かたく》なに隠していたのに……今は嘘《うそ》のようにすっきりしている。
それに、旭がありがとうって言ってくれた。
こんな重いこと、一緒に背負い込ませたのに……。
……もしかしたら俺は知られたかったのかもしれない。
知られて、それでも旭に一緒にいるよって言ってもらいたかったのかもしれない……。
旭、大好きだよ。
今までも、これからも、ずっと、ずっと旭のことが大好きだよ。
あと、奏多のことで悩んでたら、夜当たり前のような顔をして奏多が家に来た。
よかったなって言って奏多は笑ってた。
あいつには悪いことをしたって思ってる。でも――。
本当に、本当にありがとう。

「よかった」

日記に書かれた文章を読みながら、先程までの出来事が思い出される。

新のこと、そして――他人のことに一生懸命で優しい友人の姿を、私は思い浮かべた。

「私からも奏多にお礼言わなくちゃ……」

奏多がいなかったら、あんなふうに新が気持ちを伝えてくれることもなかったかもしれない。

そう思いながら日記帳を閉じると、少し早いけれど学校に行く準備を始めた。


「おはよう、深雪！」

「お、はよう？　やけに元気ね」

教室に入ってきた深雪を捉まえると、私は昨夜の夢の中での話をした。

「そう……。やっと、そこまでいったのね」

「うん！　だから、深雪に聞きたかったの」

「私の知ってる過去が、どうなっているか。ね」

そう言うと、深雪は眉をひそめた。

「深雪……？」

「落ち着いて聞いてね。……私の記憶の中の二人は、やっぱり三月で別れてるわ」

「そんな……！」

思わず大きな声を上げてしまう私を、深雪が制止する。

「落ち着いてって言ったでしょ。……私思うんだけど、そこは旭自身が変えない限り変わらないんじゃないかしら」

「どういう……？」

「これだけいろいろしてきても、頑なにその別れた事実だけは変わらない。そうよね？」

「うん……」

「ということは、あんた自身の言葉で三月のあの日の新の決意を変えないと、この先の過去は動かないんじゃないかと思って」

「私自身の、言葉で……」

深雪の言葉を繰り返す。

その意味を、理解するために。

「――それに、確か旭自身の記憶は上書きされないんでしょ？」

「え……？　うん、そうだね？」

「なら……もし、今の状態で変わっちゃったとしたら、たとえ私からそれを聞いても旭の中にはなんの思い出もない――ただの記録になってしまわない？」

「ただの……記録に……」

私の中の記憶は、新と別れてからの三年間と……そして、変えてきた新しい過去の記憶だけだ。

——その記憶しか、ないのだ。

だから、もし今私の行動がきっかけで新との過去の関係が変わったとしても——その後の変わった記憶は私には存在しない。

「だから、もういっそのこと変わらないことで結果オーライと思っておけばいいんじゃないかしら？」

「深雪……」

「自分の過去なのに、自分自身が知らない——なんて、悲しいだけよ」

「そう、だね……」

じゃあ、過去の記憶を塗り替えられている深雪は——。一瞬、頭をよぎった言葉を……私は口に出すことはできなかった。

それはきっと、深雪自身も感じているはずだから……。

言葉に詰まった私に微笑みかけると、深雪は言った。

「しょうがないわね……。奏多にはもう報告したの？」

「え？」

「新とのこと。奏多の方でも知ることはできるみたいだけど、一応報告しておいた方がいいんじゃない？」

「そう……だね。あとで、メッセージ送っておくよ」

そう言う私に深雪はもう一度微笑むと……自分の席に向かって歩いていった。

私はそんな深雪の背中を、見つめることしかできなかった。

【無事新の病気のことを聞くことができました。結局、過去の奏多に頼ることになっちゃった。ありがとう、そしてごめんね】

一時間目が始まる前に奏多にメッセージを送る。

すぐに既読を示すマークがついた。

そして一言だけ。

【おめでとう】

そう書かれたメッセージが、奏多から届いた。

放課後、私はなんだかまっすぐ帰る気分になれなくて、少し回り道をすることにした。

「あ……」

気が付くと私は、あの公園にいた。

過去で新と想《おも》いを通じ合わせた、あの公園に。

「ここで……」

ベンチに座ると、新とのキスが頭をよぎる。

思わず顔を覆った私の手の中に……涙が、溢《あふ》れていく。

「……っ！」

「っ……あら、た……！」

昨日ここで新とキスをした。

けれど、今日……新はここにはいない。

「ひっ……ぅ……あ……ら……」

新と気持ちが通じ合えば通じ合うほど、新のことがもっともっと好きになる。

新のことを好きになればなるほど、現実が悲しくて、苦しい……。

「もういっそ、目覚めなければいいのに……」

何度も何度も思ったことを、つい口に出してしまう。

いっそあのまま目覚めなければ……ずっとずっと過去にいられれば……。

よく漫画や映画であるタイムスリップのお話はずっと過去や未来にいられるのに、どうして私は〝現在〟に帰ってきてしまうんだろう。

どうしてこんなに、苦しい思いをしなければいけないんだろう。

──考えても考えても、答えは出ない。

出るはずがない。

「……帰ろう」

家に、帰ろう。

新のいる、あの世界に帰ろう。

トボトボと公園の出口に向かって歩く。

振り返ると――誰もいない公園の向こうに、夕日が沈み始めていた。


夜、家族が寝静まった後――私は、新の日記帳を開いた。

そこには、楽しそうな過去の私たちがいた。

5月3日
GW連休初日。
旭が俺の家に遊びに来た。
病気のことを、説明した。できること、できないこと。
苦しそうな顔をさせてしまった。
「ごめん」って謝ったら「謝らないで」って旭は言ってくれた。

ありがとう…。

そして、今まで辛《つら》い思いをさせてごめん。

これでもう隠し事はないから……。

だから、来るべき別れの日まで——俺の傍《そば》にいてください。


日記帳から、新の想いが流れ込んでくる。

「新……」

これで……これで、きっと……。

電気を消すと、大好きな人の名前を小さく呟《つぶや》いて私は目を閉じた。

◆◆◆

「ううーん、決まらない……」

目が覚めて、過去に戻ってきてからずっとクローゼットの中身を引っ張り出していた。

「これ……は、気合い入りすぎてるし……こっちは可愛《かわい》すぎ？　え、私こんなの持ってたっけ!?」

鏡の前であれでもない、これでもないと早一時間……。

「あ！　そろそろ出ないと待ち合わせ時間に遅れる……！」

結局、少し可愛めのワンピースに着替えると、私は慌てて新との待ち合わせ場所に向かった。


「ご、めん！　ちょっと遅れちゃった！」

「大丈夫だよ、俺も今来たとこだし」

「はぁはぁ……ごめん、ね……」

「そんな息を切らすほど走らなくても……」

「だって……！　待たせたく、なかったし……」

それに……。

「少しでも早く、新に会いたくて……」

「っ……そ、そっか」

照れくさそうに頭を掻《か》く新の隣で息を整える。

「ごめんね、もう大丈夫」

「ホント？　それじゃ、行こっか」

「うん！」

「──ん」

「え？」

歩き始めようとする私に、新は右手を差し出した。

「手……！」

「あっ……」

差し出された手を握りしめると、私たちは顔を見合わせて笑った。

「あーでも、緊張するなー！」

「え、なんで？」

「なんでって！　新の家に！　遊びに行くんだよ!?」

「う、うん……それが？」

全くわからない、という顔をする新に脱力する。

だって……。

「新は、緊張しないの……？　その、彼女……を連れて、自分の家に行くんだよ？」

「え……あっ！」

「遅いよ……」

「そっか……。え、親に紹介……しなきゃダメ、だよね」

「そりゃ……そうでしょ」

「そうだよね……」

新の反応に不安になる。

（でも、男子ってやっぱり親に紹介とか面倒だって思うのかな。それも年頃なら余計に？）

グルグルと考えているうちに、新の家に着いてしまった。

「……ただいまー」

「お、お邪魔します……」

「はーい、いらっしゃい」

「あ、あの……」

「…………」

新のお母さんが笑顔で出迎えてくれる。

けれど……新は何も言わない。

「えっと……」

どうしていいかわからず、新の方を見ると……新は繋《つな》いだ手をぎゅっと握り直した。

そして……。

「……母さん！　こちら、竹中旭さん。俺の……彼女！」

「新……！」

　思わず名前を呼ぶと、新も私を見て……小さく微笑《ほほえ》んだ。

「……知ってるわ」

「へ？」

「だって、この前来た時にご挨拶してくれたし……それに」

「それに？」

「奏多君が、新の彼女だって言ってたもの」

　そうだ、あの日……。

「ごめん、新。……私、挨拶してた」

「なっ……なんだよおおお！　俺めっちゃ緊張して！　でも、ちゃんと紹介しなきゃって思ったのに！」

「あの後のいろいろでその……忘れてた」

「うっ……それを言われると……」

「――なんだかよくわからないけど、早く上がってもらいなさい？」

「あ、はい……！　お邪魔します！」

　新のお母さんに促されて、立ち尽くしたままだった私たちは慌てて靴を脱ぐ。

そんな私たちを見て……お母さんは笑った。

「仲がいいのはわかったから、手は離した方が脱ぎやすいと思うわよ？」

「あっ……！」

「……っ！」

二人同時に勢いよく手を離す私たちを見て、もう一度お母さんは可笑《おか》しそうに笑った。

「──新、リビングにあるお菓子を持って行ったら？」

靴を脱いだ後、階段を上ろうとしていた私たちを新のお母さんが引き留めた。

「あー……そうだね、旭ちょっと待っててくれる？」

「わかった！」

一瞬迷った様子を見せたけれど……申し訳なさそうな顔をして新は廊下の奥に消えた。

残されたのは……。

（き、気まずい）

新のお母さんと私だけ……。

「……旭さん」

「は、はい！」

緊張で思わず声が固くなる私に……お母さんは優しい笑顔を向けてくれる。

「そんなに緊張しないで？　ふふ、新と仲良くしてくれてありがとね」

「い、いえ……私こそ仲良くしていただいて嬉《うれ》しいです！」

「……旭さんは、その」

お母さんが、何かを言いたそうに——でも、言いにくそうに口ごもる。

（あ……）

「いいえ、なんでも……」

「……私、知ってます」

「え……？」

新のお母さんは驚いた表情で私の顔を見る。

「新君の病気のこと……ちゃんと、知ってます」

「……っ！」

口を押さえると……そう、と小さく呟いた。

「それでも、本当に……」

「え……？」

「……いえ、なんでもないわ」

苦しそうな顔で笑うお母さんを見ていると、お葬式の日に会ったことを思い出して胸が痛くなる。

そんな気持ちを振り払うように、私ははっきりとした声でお母さんに言った。

「……あの！」

「え？」

「私、新君のこと……大好きなんです！」

「旭、さん……？」

「その……病気のこととか、新君が悩んでることとか、いろいろあるのも知ってます。でも……それでも！　新君と一緒にいたいって、そう思ったんです！」

「っ……ありがとう」

小さく呟くと、新のお母さんは泣きそうな顔で私を見ていた。

「——今年に入ってね」

「え……？」

「あの子に笑顔が増えたの。学校に行くのもなんだか楽しそうになったわ」

一瞬、廊下を振り返ると……お母さんは微笑みながら言った。

「きっと、あなたに出会えたからね」

「……さっき、さ」

「ん？」

お菓子とジュースを持って二人で二階に上がった。

そして、部屋のドアを閉めると新が口を開いた。

「母さんと、何話してたの？」

「……気になる？」

「そりゃ、まあ……」

「……秘密」

「なんだよ、それー！」

笑う私に新は不満そうに口を尖《とが》らせる。

「新はお母さんに愛されてるね」

「……マザコンじゃないからね？」

「わかってるよ」

「なら、いいけどー」

他愛のない話をしながら、新のお母さんの用意してくれたお菓子を食べる。

そして……。

「昨日の話の通り、俺は心臓に病気を持ってます」

「はい……」

今日の本題が――始まった。

「えっと……こうやって普通にいる分には大丈夫なんだけど、発作が起こると薬が必要だったり病院に行かなきゃいけないこともある。激しい運動はダメだし、遊園地なんかの絶叫マシーンも無理かな……」

「そうなんだ……」

だから、デートで遊園地は厳しいかな……なんて言いながら新は笑う。私はどんな表情をしたらいいのかわからず、曖昧な笑みを浮かべることしかできなかった。

そんな私に新はもう一度笑った。

「でも、それ以外は何も変わらないよ。学校も行くし、こうやって旭と一緒の時間を過ごすこともできる」

「うん……」

「定期通院があるからたまに放課後とか土曜とかに病院に行くことがある。具合が悪くなって休んだり早退したりする時は学校には風邪で通してもらってます。——あとは、今言った内容は、親と田畑せんせー以外だと……奏多しか知らない」

「そう、なんだ」

「でも次からは、旭にも話すよ」

そう言った新は、憑《つ》き物《もの》が落ちたような穏やかな表情をしていた。

「約束、だよ？」

「うん、約束」

そう言って私たちは、小さな子供たちがするように小指を絡めた。

――少し悲しい、指切りげんまん――

けれど、大事な大事な約束を、私たちは交わした。

さあ、ここから新しい私たちを始めよう。

◆◆◆

私は日記帳をパラパラとめくる。

この日記帳を受け取ってからたくさんのことがあった。

笑った日もあった。泣いた日もあった。

あなたがいないことに涙して眠れない夜もあった。

それでも、もう一度あなたに会いたくて――あの日をやり直したくて、何度も何度もあなたに会いに行った。

この日の、ために――。

私は日記帳をめくる手を、止めた。
そのページは、字が涙で滲《にじ》んで、乾いたせいか紙がくしゃっとなっていた。

3月15日

今日はこれから卒業式だ。

俺は今日、旭にさよならを告げる。
ごめんね、旭。
けど、これから先の俺を見せたくない。
……死んでいく俺の姿を。

君の中の俺は、いつまでも
君の隣で笑ってた俺であってほしい。
俺の大好きな笑顔の君の、隣で笑う俺で。

さよなら、旭。

今もこれからも、ずっとずっと旭が大好きです。


「新……」

これを書いた新の気持ちを思うと、胸が苦しくなる。

どうして別れなければいけなかったのかと、理由を知らず何度も泣いた。

どうして一緒にいさせてくれなかったのかと、理由を知り恨んだ日もあった。

けれど、今はもうそんなことどうでもいい。

「新、ごめんね」

もう私は、覚悟を決めたから。

あの日から、やり直そう——。


私は日記帳を閉じると、ベッドに横たわる。

そして、幾度となく辿《たど》った過去への道を、今日も進み始めた。

◆◆◆

二度目の卒業式は、三年前よりも落ち着いていて三年前よりもドキドキしていた。

あの頃の私は、卒業するのが寂しくて泣いていた。

あの頃の私は、この後来る別れなんて知らなかった。

でも……。

（大丈夫……。この日のために、今までやり直してきたんだから……）

きっとあんなことは起きない。

きっと、新は私に伝えてくれるはずだ。

そう約束したんだから……。

「──組代表、鈴木《すずき》新」

「はい！」

クラスメイトたちの名前が読み上げられ、新が代表で卒業証書を受け取りに壇上に上がる。

緊張した面持ちの新が校長先生から証書を受け取る様子が見えた。

（新……）

「あ、ちょっと……君！」

「え……？」

慌てるような校長先生の声が聞こえたかと思うと……キーンと、マイクがハウリングを起こす音が聞こえた。

そして――。

「すみません！　でも、俺どうしても言いたいことがあって……」

「新……？」

壇上では新が校長先生のマイクを取って、私たちを見つめていた。

「突然こんなことしてすみません！　でも、俺どうしても伝えたくて。三分でいいんで俺に時間をください！」

ざわざわと体育館の中が騒がしくなる。

演出か――？　そんな声も聞こえるけれど……違う、これは……。

「俺は……俺は心臓に病気を抱えています。医者からは直接言われてないけど……そう長く生きられないってことは俺が一番よくわかってる。だから、全部諦めてきた。走ることも、真剣になることも――誰かを本気で好きになることも」

新が一瞬、私を見た気がした。

「でも、俺は中学三年のこの一年で、いっぱい泣いていっぱい笑って、友達とバカやって――大好きな子とも幸せな時間を過ごすことができました。こんな俺でも、胸を張って楽しかったって幸せな中学生活だったたって言えるぐらい、たくさんの思い出を作ることができました」

「っ……あら、た……」

キラキラとした表情で話す新に、私も奏多も深雪も陽菜も……クラスメイトたちも涙を流していた。

「だから――俺はこの学校で過ごせてよかったです！　ありがとうございました！」

言い終わると新は校長先生にマイクを返した。

「あ……」

席へと戻ってくる新に、一人また一人と拍手を送る。気が付けば体育館にいた人全員が拍手をする中を、新は照れくさそうな顔をして歩いていた。

「旭！」

卒業式も無事終わり、田畑先生に小言を言われた新が運動場で写真を撮っていた私たちの元へとやってきた。

「新……」

「卒業、おめでとう」

「新もおめでとう」

微笑《ほほえ》み合うと……新は、私の顔をじっと見つめた。

そして――。

「旭、話があるんだ」

三年前と同じように、私に声をかけた。

裏庭への道を、私たちは無言で歩く。

心臓が痛いぐらい脈打っているのがわかる。またあの時と同じことを告げられるのだろうか。いや、さっきの新は前を向いていた。だから、きっと……。

「旭」

あの時と、同じ場所まで来ると新が私の方を振り返った。

「ごめん、旭。やっぱり俺たち、このまま付き合い続けるのは……無理みたいだ」

「あら、た……」

新は告げる。

あの時と一言一句違わぬ言葉を。

何度も見た、あの夢と同じ表情で。

「なん――」

「って、言おうと思ってた」

「え……？」

私の言葉を遮った新は、泣きそうな顔で笑っていた。

「本当は、ずっと今日で旭とは別れようって思ってた。楽しかった思い出だけを、笑っていた俺の姿だけを旭には覚えていてほしいって」

「そんな――！」

「でも、無理だった」

新は私に一歩近づくと、手を取った。

その手をギュッと握り返すと、もう一度新は小さく微笑んだ。

「俺さ、高校には行かないで病院に入ることになった。旭に話した時よりも、だいぶ悪くなっちゃって。だから、これからも一緒にいたら旭には辛《つら》い思いをさせると思う」

「辛くたっていい！　私は新と一緒にいたい！」

「……うん。俺も、旭と一緒にいたい。これから先、どんどん弱っていくかもしれない。死ぬことだって、あるかもしれない。それでも――俺の傍《そば》にいてくれますか？」

「いるよ……。一緒に、いるよ！」

笑顔で言いたいのに、次から次に溢《あふ》れてくる涙が、嗚咽《おえつ》が、そうさせてくれない。それでも、必死に声を絞り出した私を新はそっと抱きしめてくれた。

「突き放して――あげられなくて、ごめん」

「新……」

「みっともなくても、カッコ悪くても……旭に傍にいてほしいって思っちゃったんだ」

ギュッと抱きしめる新の手に力が入る。

だから私も、新の身体《からだ》を抱きしめ返した。

ずっと、ずっと傍にいるよと――伝えるために。

「いつか、さ」

新が風に吹かれ空に舞い上がる桜の花びらを見上げた。

「いつか旭と、満開の桜を見に行けたらなぁ」

決してそんな未来が訪れることはない、とでもいうかのように呟《つぶや》く新の手を、そっと握りしめた。

「行けるよ！」

「旭……」

「きっと、行けるよ！」

そうだね、と微笑むと新はもう一度空を見上げた。

私たちの旅立を祝うように咲いた早咲きの桜を、目に焼きつけるように――。

エピローグ

それは遅咲きの桜の咲く、ある春の日だった。

「旭《あさひ》……」

新《あらた》は苦しそうに、でも微笑みながら私の名前を呼んでいた。

「笑っ……て、旭。俺、の……好きな旭の、笑顔を——」

「新！　新っ！」

「ほ、ら……旭……」

涙を必死に拭って私が微笑むと、安心したように新は意識を手放した。

——家族の人以外は外に、というお医者さんの言葉に促され廊下に出た私の目の前には、新のお母さんが呼んだのか、奏多《かなた》と深雪《みゆき》の姿があった。

「旭……！」

「わた……私……！」

「大丈夫！　大丈夫よ！」

あそこの椅子に行きましょう、そう促してくれた深雪に連れられて私は、病室から少し離れたところにあるベンチに座った。

「わた……私……」

「旭……」

「私、全然ちゃんと笑えなかった！　新に笑ってって言われたのに！　ちゃんと……ちゃんと……！」

「大丈夫！　旭はちゃんと笑っていたわ！　だから……」

「うわあああああ！」

大声で泣き叫ぶ私を、深雪が必死に抱きしめてくれる。優しく背中を撫《な》でてくれる深雪にしがみつくと、私はまた泣いてしまう。

そんな私たちの隣で、悔しそうな顔をした奏多が病室の方を見つめていた。

——どれぐらいの時間が経《た》ったのか。

「旭さん」

新のお母さんから声をかけられて、私たちは病室へと戻った。

そこに横たわる新は……さっきまでとは別人で、たくさんのコードに繋《つな》がれて生かされていた。

「あら、た……」

「……っ」

新は何も言わない。

何も、言えない。

そんな新に私は――必死に、想《おも》いを伝えた。

「あら……た、私ね……幸せだったよ。新とこうして過ごすことができて幸せだった。大切な時間を作ってくれて――ありがとう」

「あ……さ…………」

「大好きだよ、これまでも……これからも、ずっと」

私は新に笑顔を向けた。

作った笑顔でもない。

涙まじりの悲しい笑顔でもない。

新が好きだって言ってくれた、新を好きな私の想《おも》いが詰まった笑顔を。

「っ……」

その瞬間、新の目から涙がこぼれるのが見えた。

そして――。

ピ――――――――。

冷たい機械音が、病室に、響いた。

◆◆◆

——パタン、という音を立てて私は、何度も開いた日記帳を閉じた。

「終わった……」

涙はもう出なかった。

悲しくないわけじゃない。

辛くないわけじゃない。

それでも、今こうして私は一人でここにいる。

「新……」

変わった未来のその先で、たくさんの時間を私たちは過ごした。

そのどれもが、私の中に欠けていた必要なパーツだった。

「ありがとう……」

過去に干渉できるこの日記を、どうして新が私に託したのかずっと不思議だった。

新はこの日記帳で過去を繰り返すことができても、結果が変わることはないと思っていた。だから、いつか必ずやってくる別れの後で、私が新を思い出して涙した時に、どれだけ私を想っていたのか、どんなふうに愛してくれていたのか、それを知ることで私が先に進めると、そう思って私にこの日記帳を託したのかもしれない。

残された、私のために――。

もう、この世界には新はいない。だから本当にその答えが正解なのかはわからないけれど……。

「新……」

ギュッと日記帳を抱きしめると、私はそれを机の引き出しの中にしまった。

今日は、あの日から一年……。新の一周忌だ。あの時はまだ高校生で制服を着ていたのに……。

「奏多……」

「よっ」

家を出るとそこには、黒のスーツに身を包んだ奏多が立っていた。

「もう一年も経つんだな」

「うん……」

「なんか……そんな感じしないのにな」

「時が経つのって、早いね……」

ついこの間まで、日記帳で過去に戻って何度も何度も新と会っていたのに……。

現実ではもう一年が経つだなんて……。

「そういえば、あれ……本当にいいのか？」

「あれって？」

「日記帳」

「あ……うん」

私は持ってきた日記帳に、カバンの上からそっと触れた。あの日記帳を、新の元に返すことに決めたから。

「だって、それには旭と新の思い出が……」

「――いいの。これを新に返して、やっと私は前を向ける気がする」

「旭……」

「それに……私がずっと過去に縛られているのを、新も望んでいないと思うしね」

あの日――新の最期を日記の中で迎えてから……何度も日記帳を読み返した。

もう戻れないことに、涙した日もあった。

新との思い出に、胸が締めつけられることもあった。でも日記帳の中の新は、いつだって前を向いていた。いつだって――全力で私のことを愛してくれていた。

「だからね、私も……日記帳が描く過去の中に生きるのは、もうやめようと思って」

「旭――」

「新が私を想ってくれていた、その思い出があるから……私は一人でも前に進めるよ」

「……やっぱり、強いね君は」

「だって強く生きなきゃ、新に顔向けできないじゃない」

あんなに必死に前を向いて、生きようとしていた新に……。

「そうだな……」

小さく頷《うなず》いた奏多は——目元を擦るようにして顔をそむけた。

新……。

私は空を見上げた。

雲一つない、よく晴れた空を。

新……、私は——私たちは生きるよ。あなたのいない、この世界を。

さらりと髪をかき上げた私の腕には、あの日もらった小さな飾りのついたブレスレット。

そんな私を、優しく——新緑の薫る風が包み込んだ。

富士見L文庫

この世界《せかい》で、君《きみ》と二度目《にどめ》の恋《こい》をする

望月《もちづき》くらげ

2024年2月15日　初版発行

発行者　山下直久
発　行　株式会社 KADOKAWA
〒102-8177　東京都千代田区富士見2-13-3
電話　0570-002-301（ナビダイヤル）

印刷所　株式会社暁印刷
製本所　本間製本株式会社
装丁者　西村弘美

定価はカバーに表示してあります。

●お問い合わせ
https://www.kadokawa.co.jp/（「お問い合わせ」へお進みください）
※内容によっては、お答えできない場合があります。
※サポートは日本国内のみとさせていただきます。
※Japanese text only

ISBN 978-4-04-075299-0 C0193